Angel's Sweet Temptation

天使の甘い誘惑

黒崎あつし

16385

角川ルビー文庫

目次

口絵イラスト／佐々成美

天使の甘い誘惑

1

今にも止まりそうな弱々しい目覚まし時計のベルの音が聞こえる。

(電池を交換《こうかん》したばっかりだったのに……)

その音で目覚めた須藤優真《すどうゆうま》は、心配そうな顔でそうっと目覚まし時計を止めた。

漫画《まんが》の絵が描《か》かれた子供っぽい目覚まし時計は、今から十年前、優真が小学校に入学した年に母親から買ってもらったものだ。

『優真はお兄ちゃんだし、今日からひとりで起きる練習してみようね』

そう言って優《やさ》しく頭を撫《な》でてくれた母親は、春を待たずに病気で亡《な》くなったばかり。

少し調子が悪くても、懐《なつ》かしい思い出のある目覚まし時計を買い換《か》える気にはまだなれない。

「もうちょっと頑張《がんば》ろうね」

優真はなんとなく目覚まし時計を撫でて励《はげ》ましてやってから、ベッドから降りた。

「あ～あ、今日は雨か」

季節は梅雨《つゆ》入《い》り前、レトロな雰囲気《ふんいき》の磨《す》りガラスが入った掃《は》き出し窓越《まどご》しに微《かす》かな雨音が聞こえてくる。

いつもは自転車で高校に通っているのだが、雨ならばバスを使うしかない。

降る雨で湿気《しけ》っぽくなった人々がみっしりと詰《つ》まった、蒸《む》し蒸しするバスで通学しなきゃならないんだと思うと少々気が滅入《めい》る。

本格的に梅雨入りしたら、それが毎日になるのかもと思うと更《さら》に気が重くなる。

(雨の中を歩くよりはましだけど……。でも、やっぱり嫌《いや》だなぁ)

だが、当然のことながら、その程度のことで学校を休むわけにはいかない。

去年まではぎゅうぎゅう詰《づ》めの満員電車で毎日通学していたことを思えば、雨降りの日だけちょっと我慢《がまん》すればいい今の環境《かんきょう》は恵《めぐ》まれてさえいるのだから。

憂鬱《ゆううつ》さをなんとか振《ふ》り払《はら》い、高校の制服に着替《きが》えて廊下《ろうか》に出ると、エプロンを身につけながら広いリビングを通り抜《ぬ》け、続き部屋になっているキッチンに入った。

その途端《とたん》、ご飯の炊《た》ける甘い香《かお》りが鼻腔《びこう》をくすぐり、優真の口元は自然にほころんだ。

「よかった。今日もちゃんと炊けてる」

この家に来たばかりの頃《ころ》、新品の炊飯器《すいはんき》の使い方がよくわからず、タイマーセットを間違《まちが》ったことがある。それ以来、いつでも食べられるようご飯は冷凍《れいとう》してあるけど、やっぱり朝は炊きたてふんわりご飯を食べてもらいたいから、この甘い香りを嗅《か》ぐとほっとするのだ。

焼き鮭《さけ》とほうれん草のおひたし、それにお味噌汁《みそしる》と昨夜のおかずの残り等を軽く温める。

慣れて段取りがすっかり決まっている作業を、順序よく遂行《すいこう》していくのは大好きだ。

機嫌《きげん》良く朝食の支度《したく》を調《ととの》え終えたとき、家の中から、ジリリリリッ！　とやけに賑《にぎ》やかな目覚まし時計のベルの音が聞こえてきた。

「うん、いいタイミング」

この賑やかすぎる目覚まし時計は、優真とは一歳違《ちが》いの弟、和真《かずま》のものだ。

優真と違って寝覚《ねざ》めが悪い和真は、しょっちゅう寝《ね》ぼけて目覚まし時計を投げたり叩《たた》いたりと迫害《はくがい》しまくっていて、哀《あわ》れな歴代の目覚まし時計達の寿命《じゅみょう》は極端《きょくたん》に短い。

いま頑張っている目覚まし時計は買って数ヶ月程度の新品だが、最近の和真は寝覚めの悪さに磨《みが》きがかかっているから、新しい目覚まし時計の大きな音でも起きちゃくれない。

だからあのベルの音は、和真が起きる時間ではなく、優真が和真を起こしに行く時間を知らせているようなものだ。

優真は和真の部屋に入って行くと、賑やかすぎる目覚まし時計をとりあえず止めた。

「和くん、ほ～ら、もう時間だよ。起きて」

優しく声をかける程度じゃ目を覚まさないのはわかりきっているから、横向きで眠《ねむ》っている和真の肩《かた》を両手で摑《つか》んで、ゆっさゆっさと思いっきり揺《ゆ》さぶってみた。

「……ん～、優ちゃん。……もうちょっとだけ寝かせてよう」

仰向《あおむ》けになった和真は、目を閉じたまま呟《つぶや》くと、またすぐに平和な寝息《ねいき》をたてはじめる。

「もう、しょうがないなぁ」

幸せそうに眠り続ける弟に、優真は苦笑《くしょう》を零《こぼ》した。

その平和な寝顔《ねがお》に、一瞬《いっしゅん》このまま寝かせてあげたい甘い気分になったが、それは許されない。

兄として、心を鬼《おに》にしてでも起こす必要があった。

大音量の目覚ましでも起きず、直接揺さぶっても起きないとなると、次の手段だ。

優真は、呼吸を邪魔《じゃま》すべく和真の寝顔に手を伸《の》ばし、鼻をつまむ寸前でふと手を止めた。

「あ……またちょっとだけ、大人っぽくなってる？」

幼い頃、和真は飛《と》び抜けて可愛《かわい》らしい子供だった。

白く透《す》ける肌《はだ》にバラ色の頰《ほお》、そして光に透ける明るい癖《くせ》っ毛とくりっと大きな琥珀色《こはくいろ》の目。

伸びやかで明るい性格をそのままに映した、眩《まばゆ》いばかりに明るく人懐《ひとなつ》っこい無邪気《むじゃき》なその表情は、それはもう素晴《すば》らしく愛くるしかった。

優真はそんな弟が自慢《じまん》で可愛くてたまらなくて、いつも手を繫《つな》いで歩いていたものだ。

仲良く手を繫いで歩くふたりに目を留めた大人達は決まってその目尻《めじり》を下げる。

だが「お友達と一緒《いっしょ》で楽しそうね」と話しかけられた和真が、「僕達、兄弟なんだよ」と答えた途端、誰《だれ》もが皆《みな》、怪訝《けげん》そうに眉根《まゆね》を寄せた。

きっと、なにか家庭に複雑な事情があるのでは？　とでも思っているのだろう。

そう思われても仕方がないぐらい、優真と和真には外見上の類似点《るいじてん》がない。

和真はひとめ見て異国の血が入っているとわかる派手で明るい外見の持ち主だが、黒い髪《かみ》と切れ長の目の優真は見事に和風な顔立ちで、肌の色が少し他《ほか》の人達より白い程度に過ぎない。

ちなみに、ふたりに流れる異国の血は父方から受け継《つ》いだものだ。

父親が北欧《ほくおう》の血を四分の一だけ引くクォーターで、母親は生粋《きっすい》の日本人だから、その子供であるふたりに流れる異国の血はほんの僅《わず》か。

だからハーフと間違われるほどの和真の外見は、一種の先祖返りみたいなものなんだろう。

かつて天使のように愛くるしかった和真は、中学を卒業した頃から急速に成長してきている。毎日顔を合わせているとなかなか気づきにくいものなのだが、ふとした拍子《ひょうし》にその成長ぶりに驚《おどろ》かされることがあるのだ。

以前はふっくらしていた頬が少し引き締《し》まってきていたり、可愛いらしいお鼻がすっきりと高くなっていたり、ぷくっとして愛らしかった唇《くちびる》が以前より薄《うす》くなっていたり。

その派手な顔立ちには全体的にシャープな雰囲気が加わりつつあって、可愛いというよりも美形という表現が似合うような姿に日々変化しつつある。

(このままスクスク育ってったら、かなり派手な美青年になりそう。それに比べて……)

今はまだ美少年という表現が似合う弟の寝顔を眺《なが》めつつ、優真は我が身を振り返ってため息をつく。

順調に成長している弟と違って、優真のほうは去年あたりからほとんど変わっていない。中学の頃の貯金のお陰《かげ》で、今のところはまだ辛《かろ》うじてクラスでも平均的な身長の範囲《はんい》内だが、来年ぐらいになると低いほうのグループに入ってしまいそうだ。

顔立ちはというと、これはもう変化のしようがないような気がする。

母親によく似ていると言われている切れ長の瞳《ひとみ》と薄い唇のせいか、優真は子供の頃から妙《みょう》に大人びた顔立ちをしていたからだ。

『優ちゃんはさ、女の子だったら、母さんみたいな美人だったのにね』

以前、和真からそんなことを言われて、返事に困ったこともある。

女だったら美人だったのに残念だねと言われたのか、それとも暗に線が細すぎて男らしくないと言われたのかと……。

自分の顔が、和真に比べるととっても地味でおとなしめだという自覚はある。

そのせいで人にマイナスの印象を与《あた》えているんじゃないかと常々不安に感じてもいる。

実際、明るい容姿と性格で周囲の人達から愛されがちで友達も多い弟と違って、優真は交友関係が狭《せま》く友達も少ない。

内弁慶《うちべんけい》でどちらかというと受け身がちな性格だから、自分から積極的にアプローチすることもなかなかできないし……。

(僕も和くんみたいだったら、もっと積極的な性格になれてたかな)

誰にでも好かれる明るい容姿は、生きる上でなによりも素晴らしい宝だと思う。

外見が明るければ、性格だってそれに影響《えいきょう》されて、自然に明るく積極的なものになる可能性が高いような気がするのだ。

ずっと恋《こい》している人を前にして、無駄《むだ》に緊張《きんちょう》したり臆病《おくびょう》になってもじもじおどおどすることもなく、無邪気に愛情を表現して積極的にアプローチすることもできるのではないか。

いつもはついつい怖《お》じ気づいて、自分から話しかけることさえ難しいぐらいだけど……。

(でも、もしも僕が和くんみたいだったら、もっと気楽に話しかけることだってできるはず)

話しかけられるのを待つだけじゃなく、ちょっとした買い物につき合ってと気軽に頼《たの》んでみたり、いま手がけている仕事の詳《くわ》しいお話を聞いたりとか、休日に一緒に庭の手入れをしたりとか、そんなごく普通《ふつう》のつき合いかたができていたはずだ。

自分が弟みたいだったらと仮定して、楽しい空想にふけるのは、優真の癖みたいなものだ。

いつものように、自分にとって都合のいい、まるでおままごとのような楽しい空想を次々に膨《ふく》らませていく。

知らず知らずのうちに、ふふふっと口元が緩《ゆる》んだところで優真ははたと我に返った。

「ダメダメ！　そんなこと考えてる暇《ひま》ないって」

空想にふけるだなんて、朝の忙《いそが》しい時間帯にすることじゃない。

ふるふるっと頭を振って、楽しい空想を思考から追い出すと、もう一度和真に視線を戻《もど》した。

「ほら、和くん、早く起きて！　この前みたいに二度寝《にどね》したら駄目《だめ》だからね」

鼻を摘《つま》んだり耳元で名前を呼んだりして、なんとか和真を起こしてから廊下に出る。

次に向かうのは、この家の家主でもある叔父《おじ》、石神翔惟《いしがみしょうい》の部屋だ。

(昨夜も遅《おそ》かったみたいだし、きっと今日も無理だろうな)

朝食はなるべく一緒に摂《と》るようにするから、と言われたのはちょうど二ヶ月前。

優真達兄弟が、翔惟と一緒に暮らすようになったときのことだ。

本人は起きるつもり満々のようだが現実は厳しく、今のところ勝率は五割というところ。

なかなか起きてこられない翔惟だが、決して和真みたいに寝汚《いぎたな》いわけじゃないだろうと優真は思っている。以前は夜型の生活を送っていたそうだし、自宅を仕事場としているせいもあって、気分が乗ると朝方まで仕事するものだから身体《からだ》が睡眠《すいみん》を必要としているだけなのだ。

（無理して僕らに合わせなくてもいいのに……）

翔惟は、テレビドラマなどの脚本家《きゃくほんか》をやりつつ、山登りやサイクリングなどの趣味《しゅみ》を活《い》かした写真入りの紀行本やエッセイも手がけている、どちらかというとアクティブ系な物書きだ。

独身で三十代半ば、都心の広い一軒家《いっけんや》に住み、悠々自適《ゆうゆうじてき》に気ままな独身生活を楽しんでいた彼からすれば、居候《いそうろう》である自分達兄弟はかなり迷惑《めいわく》な存在かもしれない。

同居しようと言ってくれたのは翔惟のほうだけど、それだって大人としての常識と、叔父としての責任感から仕方なく申し出てくれたのかもしれないし……。

心配性《しんぱいしょう》の上に気弱な優真は、いつもそんなことを思って胸を痛めている。

優真達兄弟が翔惟の家に居候するようになったそもそもの原因は、父親の転職だった。

この春を待たずに優真達の母親が天に召《め》された後、以前から仕事中心の生活をしていた優真達の父親は、唐突《とうとつ》に海外企業《きぎょう》からのヘッドハンティングを受けてしまったのだ。

そして、たいそう張り切って『この悲しみから立ちなおる為《ため》にも、家族三人、心機一転して新しい土地で新しい生活をはじめような！』と、息子《むすこ》達に声高らかに宣言した。

だが残念ながら、普段《ふだん》から空気をまったく読めない父親のこの宣言を、肝心《かんじん》の息子達はまったく歓迎《かんげい》しなかった。

自分から人に積極的にアプローチするのが苦手な優真にとって、母国語が使えない不馴《ふな》れな海外での生活なんて不安を通り越《こ》して恐怖《きょうふ》でしかない。

和真のほうは、兄と一緒の高校に行きたいからと、去年一年そりゃもう頑張《がんば》って勉強しまくって希望の高校に合格したばかり、一年間の努力を無駄にするのは真っ平というわけだ。

だからふたりは、タッグを組んで父親の誘《さそ》いを突《つ》っぱねた。

幸いなことに、長患《ながわずら》いしていた母親の代わりに、ずっと優真が家事全般《ぜんぱん》を引き受けていたから、ふたりきりでも生活面での不自由はない。父親が単身赴任《ふにん》すれば、それで済む話だと思っていたのだが、思いがけない方向から『ちょっと待て！』とストップがかかった。

異を唱えたのは、仕事中心で家族をあまり顧《かえり》みない生活を送っていた父親に、常々不満を抱《いだ》いていた母方の親戚《しんせき》一同である。

病気の妻の看病もろくにせずに仕事三昧《ざんまい》だっただけでも許し難《がた》いのに、今度は仕事の為に母親を亡《な》くしたばかりの未成年の子供ふたりを日本に放置していくつもりか。おまえに親としての自覚はあるのか。仕事なんかより、今は家庭を優先すべきではないのか？　と。

祖父母に至っては、おまえが仕事を優先するのなら子供達ふたりは自分達が養子にするとまで言い出したものだから、優真達も本気で焦《あせ》ってしまった。

かといって、父親に仕事を諦《あきら》めろという気にもなれない。

亡くなった母親は、学生時代から〝建築関連の新素材の開発〟という研究テーマにずっと執《しゅう》着《ちゃく》し続けている、研究者としても人としても不器用な夫をこよなく愛していた。

病床《びょうしょう》においても、自分のことは気にせずに仕事に行ってと夫の背中を押していたぐらいだ。

自分の死がきっかけで、ライフワークとなった大事な研究を夫が中断したりしたら、きっと悲しむに違《ちが》いない。

なんとかしなきゃと兄弟ふたりで真剣《しんけん》に考えた結果、比較的《ひかくてき》近くに住居を構えていた母方の叔父の翔惟に、一時的な保護者になってもらう案を思いついた。

母親の弟である翔惟が、保護者として優真達を監督《かんとく》すると言ってくれれば、母方の親戚一同の不満も少しは抑《おさ》えられるのではないかと考えたのだ。

優真達が暮らすマンションに月に何度か様子見を兼《か》ねて訪ねてもらって、その都度無事生活していることを祖父母に連絡《れんらく》して安心させてやってくれませんかと兄弟ふたりで翔惟に頼み込んでみたら、翔惟は迷うことなくいいよと頷《うなず》いてくれた。

『でも、やっぱり未成年のおまえ達がふたりだけで暮らすのは心配だ。よかったら、ふたりとも家《うち》に引っ越してこないか？』

自分の家のほうが高校にも近いからきっと通学も楽だろうし、通いの家政婦さんもいるから生活に不自由することもないと翔惟が誘ってくれる。

思いがけないこの申し出に戸惑《とまど》った優真と和真は、思わず顔を見合わせた。

その後、こそこそ……と、声をひそめて部屋の隅《すみ》でひとしきり話し合ってから、よろしくお願いしますとふたり揃《そろ》って頭を下げたのだが……。

（あのときの僕達の会話、翔惟さんに聞こえちゃってたんだな）

それも特に、『翔惟さんの家って広いけどさ、夏は暑いし冬は寒いし、虫だっていっぱい入ってくるしシャワーもないし、地震《じしん》で倒壊《とうかい》しそうなボロさだしさ。住環境《じゅうかんきょう》は最悪だと思うんだけど』と、素直《すなお》に不満を口に出してしまった和真の声が……。

なぜなら翔惟は、優真達が申し出に応じた直後、超特急《ちょう》で自宅をリフォームして、家中の壁《かべ》と床《ゆか》に断熱材を入れて窓にも網戸《あみど》をつけ、水回りの設備や電化製品などもすべて最新のものへと替《か》えてしまったからだ。

翔惟の家は築五十年ほどのレトロな洋館で、彼はその雰囲気《ふんいき》をとても愛していたはずだった。

リフォーム自体も元々の雰囲気を壊《こわ》さないような配慮《はいりょ》が一応は成されてはいたが、経年劣化《れっか》でいい味を出していた壁や屋根が木目調の新建材に替えられ、木枠《きわく》だった窓も木枠調のサッシに替わったりと、せっかくのレトロな雰囲気が台無しになってしまった感は否《いな》めない。

以前、翔惟が雑誌に掲載《けいさい》したエッセイで、古びた家の木枠の窓が風でガタガタ揺《ゆ》れる音を好ましく感じていると書いていたのを知っているから、優真はとても申し訳なく思っている。

この超特急のリフォームでかかった金額を想像すれば、更《さら》に申し訳なさ倍増だ。

（そんなに気を遣《つか》わなくてもいいのに……）

保護者代理を務めてもらえているだけでもありがたい。

気を遣うべきはこっちで、もっと傍若無人《ぼうじゃくぶじん》に振《ふ》る舞《ま》ってくれてもいいぐらいだ。

だが翔惟はそういう態度を取るつもりは毛頭ないらしく、保護者代理として可能な限り優真達と一緒《いっしょ》の時間を作ろうとして努力してくれているように見える。

優真としては、その気遣《きづか》いに感謝しつつも、申し訳ないと思う気持ちが勝ってしまっていていつもいつも胸が痛い。

そのせいもあって、翔惟に対する優真の態度も以前よりずっと遠慮《えんりょ》がちになってしまっていて、和真を起こすついでに自分にも声をかけて起こしてくれと頼《たの》まれているのに、本気で起こすことができずにいる。

いつもおざなり程度にノックして、反応がなければそのままそうっと寝《ね》かせておくのだ。

この日もそのつもりで、起こさない程度のノックだけして立ち去ろうと思っていたのだが、翔惟の仕事部屋兼寝室《けんしんしつ》のドアに張り紙を見つけて首を傾《かし》げた。

張り紙は翔惟から優真に向けたメッセージで、頼むから今日は絶対に起こしてくれ、と書かれてある。

(午前中に出掛《でか》ける用事でもあるのかな?)

珍《めずら》しいと思いつつ、そういうことなら起こすかと、仕方なくドアを強めにノックしてみる。

が、耳をすませても室内からはなんの反応もない。

「お……はようございま〜す」

仕方なくドアを開けてそうっと呼びかけると、カーテンを閉め切った薄暗《うすぐら》く広い部屋の中、もぞもぞと動く気配がした。

「翔惟さん?」

「……ん?」

「あの……朝ですよ」

我ながら間抜《まぬ》けな台詞《せりふ》だとは思うが、翔惟相手では和真のときのように「ほら、早く起きて！」と強気な態度にはなれない。

「張り紙がしてあったから、起こしてみたんですけど……」

おそるおそる話しかけると、「ああ、そうだった」と翔惟がガバッと勢いよく上半身を起こして、ベッド脇《わき》のカーテンを半分ほど開けた。

（うわっ、裸《はだか》だ）

短くした明るい色の髪《かみ》に、よく日に焼けた健康そうな肌色《はだいろ》。

サイクリングや山歩きを趣味とし、身体《からだ》を鍛《きた》える為に定期的にジムに通っている翔惟の引き締《し》まった上半身を見た瞬間《しゅんかん》、優真はぼわあっと耳まで赤くなった。

「やっぱり雨か……。優真、起こしてくれてありがとう。助かったよ」

翔惟は真っ赤になって焦っている優真を振り返り、「おはよう」と寝ぼけ顔のままで微笑《ほほえ》む。

一緒に暮らすようになって二ヶ月、寝起《ねお》き直後の翔惟の顔を見たのはこれがはじめてだ。

（わあ、うっすらお髭《ひげ》はえてる）

体育会系の男臭《おとこくさ》い翔惟の顔には、無精髭《ぶしょうひげ》がよく似合う。

（……格好いいなぁ）

真っ赤になったままついうっかりぼけっと見とれていた優真は、次の瞬間、はたと我に返って慌《あわ》てて翔惟から目をそらした。

「お、おはようございます。……あの、朝食できてますから、早く来てくださいね」

そう、今は朝食が優先なのだ。

時間に融通《ゆうずう》が利《き》く自転車とは違って、バスには決まった運行時間がある。それに余裕《よゆう》を持って間に合うよう、和真を急《せ》かしていつもより早めに家を出ないといけないのだから……。

心配性《しんぱいしょう》の優真は、必然的に段取り魔《ま》でもあった。

(でも翔惟さんは、僕らと違って、きっとゆっくりする時間あるよね)

眠《ねむ》そうだったし、コーヒーでも淹《い》れてあげよう。

自分達のせいで迷惑《めいわく》をかけてるんじゃないかといつも気にしているから、翔惟の為《ため》にしてあげられることがあるのは本当に嬉《うれ》しい。

本心を言えば、居候《いそうろう》していることを申し訳ないと思う以上に、この家にいられることが嬉しかったりもする。

一緒に暮らしてなかったら、無防備な寝起きの姿を見ることもできなかったし……。

(なんか得しちゃった)

すっかりご機嫌《きげん》になった優真は、コーヒーメーカーをセットすべく足取りも軽くキッチンへと戻《もど》って行った。

☆

一方、ベッドの上の翔惟は、手の平で無精髭を撫《な》でつつ、遠ざかって行くその軽《かろ》やかな足音に耳をすませていた。

「裸で寝るのは、ちょっと行儀《ぎょうぎ》が悪かったか」

たぶん、優真達の父親は、そういう行儀の悪い真似《まね》はしなかったんだろう。

びっくりするあまり真っ赤になった甥《おい》っ子の顔を思い出し、翔惟は優《やさ》しく微笑む。

社交的で友達が多い和真と違《ちが》い、ずっと母親の看病や家事に追われていた優真は、ここ数年は病院と学校の往復しかしていなかった。

元から社交的なほうでもないから、ちょっとした刺激《しげき》にも過剰《かじょう》に反応してしまうようでおどおどとキョドってばかりいる。

もっとうち解けて普通《ふつう》にしていて欲しいと寂《さみ》しく思う一方で、そんな不安げな風情《ふぜい》の優真の姿を、むしょうに愛《いと》おしく感じてしまうのも事実だ。

家の中では完璧《かんぺき》に家事全般《ぜんぱん》をこなし、しっかり生活しているように見えても、やっぱりまだ庇護《ひご》の手が必要な子供なのだ。

手元に引き取って正解だったと思う。

子供達への想《おも》いを残して逝《い》った姉の為にも、あの子達が大人になって巣立つまで、保護者としてしっかり見守ってあげなければとも思っている。

（あんな顔を見られる役得もあるしな）

切れ長の瞳《ひとみ》の大人びた顔立ちのせいか、優真は真っ赤になって目を伏《ふ》せると、妙《みょう》に色っぽい雰囲気になる。

保護者であるべき叔父《おじ》の立場からすれば目の毒だが、ひとりの人間としてはけっこうな眼福だと認めざるを得ない。

「さて、保護者としての役目を果たしますか」

とりあえず服を着てから綺麗《きれい》に髭を剃《そ》って、甥っ子達にだらしない大人だと思われないような体裁《ていさい》を整えよう。

翔惟は、弾《はず》みをつけて勢いよくベッドから降りた。

☆

一時的なものだろうが、外はかなり強い雨が降っていた。

見上げる雲は暗く重く、歩道を勢いよく叩《たた》く雨が高く跳《は》ね返っている。

バスを使っていたら、きっとバス停までに制服の裾《すそ》が濡《ぬ》れてしまっていただろう。濡れた制服のせいで、学校でもずっと不快感を我慢《がまん》しなきゃならなかったかもしれない。

(よかった)

大きなSUV車の後部座席の窓から、外を眺《なが》めていた優真はちょっとほっとした。

が、それ以上に胸の中は翔惟に対する申し訳なさでいっぱいになっている。

なぜならば、いま優真は、翔惟の運転する車で学校まで送られている途中《とちゅう》だからだ。

(僕らを学校まで送る為だけに、わざわざ早起きしてくれてたなんて……)

それを知っていたら、絶対に起こしたりしなかった。

もしかしたら以前、雨の日のバス通はちょっとしんどいねと和真と話していたのを翔惟に聞かれてしまったのかもしれない。

朝食後、車の鍵《かぎ》を手に立ち上がった翔惟に、送ってくれなくても大丈夫《だいじょうぶ》ですからと慌てて断ってみたけど、遠慮《えんりょ》するなとあっさり聞き流された。

戸惑《とまど》っているうちに「さんきゅ、助かる」と、無邪気《むじゃき》な和真が大喜びで先に車に乗り込んでしまったものだから、優真もなし崩《くず》しで一緒《いっしょ》に送ってもらうことになってしまった。

「翔惟さん。帰りも迎《むか》えに来てくれるだろ？」

当然のように助手席に乗り込んだ和真が、運転席の翔惟に聞く。

そこまで甘えたら駄目《だめ》だと優真が止める間もなく、「もちろん」と翔惟は気楽に答えた。

「メールをくれたら、すぐに校門まで迎えに行くさ。——優真も遠慮せずにメール寄こせよ」

「……でも、お仕事の邪魔《じゃま》になりませんか？」

「往復でも二十分程度だから平気さ。車の運転は好きだし、むしろ気分転換《てんかん》になるぐらいだ」

「だよな～。——優ちゃん、気にしすぎだって」

助手席の和真が、後部座席の優真を振《ふ》り向いて無邪気に笑う。

（そうかもしれないけど……）

それでもやっぱり申し訳ない気持ちが消えなくて、優真は握《にぎ》った拳《こぶし》でもやもやする胸のあたりを押さえた。

自分でも、ちょっと過剰に神経質になっている自覚はある。

でも心配性《しんぱいしょう》の優真は、自分達が迷惑になっていないか、邪魔をしていないかとどうしても気になってしまって仕方ない。

ちょっとした不満が少しずつ積み重なったせいで、翔惟に嫌《きら》われたらすっごく嫌《いや》だからだ。

そんな心配を和真に打ち明けてみたことがあるが、少しぐらい我が儘《まま》言ったって親戚《しんせき》なんだから平気だよと呆《あき》れられるばかりで、共感してはもらえなかった。

(親戚っていったって、僕らは翔惟さんとは血は繋《つな》がってないんだし)

翔惟は小さな頃《ころ》に両親を亡《な》くしたとかで、彼の実父の親友だった石神の祖父の養子になったのだと聞いている。

実子である優真達の母親や他《ほか》の叔父達と同じように育てられたと聞いてはいるから、変に遠慮するのは逆に失礼にあたるのかもしれないが、それでも優真はどうしても気にしてしまう。

血の繋がり云々《うんぬん》以前に、翔惟を他の叔父達とは同列に考えることができずにいるせいだ。

(翔惟さんは、僕の特別な人だから……)

翔惟は、優真がはじめて恋《こい》という感情を意識した相手だ。

子供の頃からずっと大好きだった人に嫌われるような要素はなるべく排除《はいじょ》しておきたい。

というか、心配性なせいでどうしても過剰に気になってしまって、排除せずにはいられないのだけど……。

「この大きい車ってさ、いくらぐらいした？　翔惟さんなら当然即金《そっきん》で買ってるよな？」

嫌われるかも、なんて心配をまったく感じることのない和真が、優真だったら遠慮して絶対に聞けないようなことを明るい口調ではっきり聞いた。

聞かれた翔惟は、特に気を悪くした様子もなく「ベンツぐらいかな」などと適当に返事を返している。

ベンツなんて言ったってピンキリじゃないかと和真が突《つ》っ込《こ》み、俺の名誉《めいよ》の為にも高いほうの値段だと思ってくれと翔惟が笑う。

（……いいなぁ）

楽しげに話しているふたりを後部座席から黙《だま》って眺めていた優真は、こっそりため息をつく。

余計な気遣《きづか》いを一切《いっさい》せず、楽しげに翔惟と話せる和真が羨《うらや》ましくて……。

いつもそうだ。

両親や友達、親戚や近所の大人達、誰《だれ》が相手でもどんなときでも、心配性の優真が考えすぎてためらっている間に、楽天家の和真が繋いだ手を解いてするりと前に出て行く。

出遅《でおく》れてしまった優真は、誰からも愛されがちな明るい容姿と性格の弟が楽しそうにはしゃいでいるのを、空になってしまった手をきゅっと握りしめたまま黙って側で見守るばかり。

物心ついた頃からいつもそうだったからもう慣れっこだ。

羨ましいけど、妬《ねた》ましいとまでは感じない。

楽しそうにしている和真と競《きそ》うようにして、自分も前に出ようとはどうしても思えない。

そんな風に前に出たところでうまく会話に入っていけないだろうし、きっと殺伐《さつばつ》とした気分になるだけだ。

それに、一歩前に踏《ふ》み出す為の勇気が、そもそも優真にはない。

おろおろしながらみんなの会話に混ざる努力をするよりも、大好きな弟が楽しそうにしているのを少し離《はな》れた場所から眺めているほうが気楽だった。

だから、今のままでも別にいいと思っている。

それでも、どうしても少しずつ胸に溜《た》まってしまうこの羨ましさは、自分が弟だったら……と、こっそり弟に自己投影《とうえい》しては楽しい空想にふけることで紛《まぎ》らわしていたりする。

そんな優真の密《ひそ》かな楽しみを、親友の拓人《たくと》は『キモい！』ときっぱり非難するけど……。

車はスムーズに校門前に着き、優真は翔惟にちゃんとお礼を言ってから車を降りた。

「優ちゃん、傘《かさ》に入れて！」

雨が小ぶりになっていたから傘を開くのが面倒《めんどう》だったのだろう。助手席から転がり降りてきた和真が、優真が開いたばかりの傘に無理矢理頭を突っ込んでくる。

「もう、しょうがないなぁ」

口では文句を言うけれど、甘え上手な弟がこんな風に無邪気に頼《たよ》ってくれるのは嬉《うれ》しい。

ふたりで翔惟に手を振って走り去る車を見送ってから、登校する生徒達の流れに乗って昇降《しょうこう》口に向かって歩き出すと、「傘、俺が持つよ」と和真が傘を奪《うば》っていった。

「ありがと。……あれ？」

お礼を言って弟を見た優真は、ふたりの目線の位置が以前とは違っていることに気づいた。

「和くん、いつの間に僕よりおっきくなったの？」

「や～っと気づいた。もうとっくだよ。入学式のときには俺のほうがちょっと大きかったぐらいだしさ。優ちゃんってば、ほんと鈍《にぶ》いよな」

「そんなに前から……」

いずれ越《こ》されることは覚悟《かくご》していたが、こんなに早いとは……。

ショックを受けている優真に、「俺、もっとでっかくなるよ」と和真が得意気に言う。

「父さんぐらい？」

「もっと。もしかしたら翔惟さんよりおっきくなるかも。手とか足とか翔惟さんと比べてみたら、あとちょっとで追いつきそうだったしさ」

「翔惟さんと？」

いつの間にふたりだけでそんな楽しそうなことをやっていたんだろう。

ちょっとだけ羨ましく思ったのが顔に出てしまったらしい。

「優ちゃんも比べてみる？」

和真が鞄《かばん》を脇《わき》に挟《はさ》んで、手の平を見せる。

和真とじゃなく翔惟と比べてみたかったのだが、まあいいかと和真の手の平に自分の手を当ててみて、その大きさの差にちょっとびっくりした。

「……いつの間にか、こんなに違《ちが》ってたんだ」

手を繋いで歩いていた頃は自分のほうが大きかったのに……と優真は軽くショックを受けた

が、和真もちょっと驚《おどろ》いたようだ。

「優ちゃんの手、けっこう小さかったんだ。……ってことは、もう身長伸《の》びないのかも」

「嫌なこと言うなぁ」

気にしていただけに優真が軽く眉《まゆ》をひそめると、「まったくだ」と背後から声をかけられた。

「須藤弟、手が小さいからって身長が伸びないなんて決めつけるな」

須藤兄弟が揃《そろ》って振り向いた先で、むっとした顔でこっちを見上げているのは、優真の親友である拓人だ。

「げっ、島津《しまづ》拓人さま！――優ちゃん、また後でね」

拓人を苦手とする和真は、持っていた傘を優真に渡《わた》すと、慌《あわ》てて近くを歩く友達の傘へと逃《に》げるように移動していった。

そんな弟を苦笑《くしょう》して見送った後で、「おはよう、拓人くん」と改めてきちんと親友に朝の挨《あい》拶《さつ》をする。

「おはよう、優真。――俺とも比べてみよう」

「うん」

優真は、拓人が出した手の平に自分の手を当ててみた。

「……僕のほうが、若干《じゃっかん》大きいかも」

「若干じゃない」

慰《なぐさ》めはいらない、と凜々《りり》しく言い切る拓人は、『学年一身体が小さく、学校一態度が大きい』と囁《ささや》かれている校内一の有名人だ。

拓人が有名になったきっかけは去年の春先、一部の不心得者が引き起こした対外的な不祥事《ふしょうじ》のせいで、生徒会規約を改正する必要が生じて開かれた臨時の生徒総会でのこと。

貴重な土曜の午後を潰《つぶ》された生徒達は不満たらたらでまったくやる気がなく、あまりの騒《さわ》がしさに議長もろくに議事進行ができない状態になっていた。

入学直後ながらも従兄弟《いとこ》が生徒会役員だった縁《えん》で生徒会の手伝いをしていた拓人は、そんな騒然《そうぜん》とした会場にブチッと切れて『おまえらうるさい！』と怒鳴《どな》ってしまったのだ。

まだ声変わりしていなかったボーイソプラノの凛々しい声に、会場はシンとなった。

更《さら》に拓人は、『俺さまが仕切ってやる。寄こせ！』と強引《ごういん》に議長のマイクを奪い取ると、毒気を抜《ぬ》かれた生徒達相手に堂々と議事進行をして生徒総会をさっさと終わらせてしまった。

そんな破天荒《はてんこう》な行動ですっかり有名人になってしまった拓人は、それ以後、『島津拓人さま』とからかい半分にあがめ奉《たてまつ》られ、全校生徒から特別視されるようになる。

そんな有名人にクラスの伝達事項《じこう》を伝えねばならなくなったとき、優真は真剣《しんけん》に悩《なや》んだ。

クラスメイトとはいえ話をしたことのない自分なんかが、『島津拓人さま』などと、あだ名じみた呼び名で気安く呼びかけていいものかと……。

心配性《しんぱいしょう》の優真は散々悩んだ結果、おそるおそる『島津くん』とごく普通《ふつう》に呼びかけてみた。

その声に反応してぐるっと勢いよく振《ふ》り向いた拓人は、ビシッと優真を指差すと『おまえは今日から俺の親友だ！』と唐突《とうとつ》に宣言。

そしてそれ以降、優真は本当に拓人の親友の座を手に入れたのだ。

拓人によると、臨時の生徒総会があった日は朝から体調が悪く、そのせいもあって騒がしいだけで遅々《ちち》として進まない会議に不快感が募《つの》り、ついブチッと切れてしまったのだとか……。

そんな自分の未熟さを拓人は心底後悔《こうかい》していて、しかもそのせいで全校生徒達だけじゃなく教師からまで奇妙《きみょう》な呼ばれかたをされるようになったことがとても不愉快《ふゆかい》だったらしい。

だから余計に『島津くん』と普通に呼びかけてもらえて、すっごく嬉しかったようなのだ。

もちろん、優真だってすっごく嬉しかった。

入学したてでうまく友達が作れずにいたところに、突然《とつぜん》、親友が降ってわいたのだから嬉しくないわけがない。

しかも、勢いで親友になったわりに性格が正反対のせいかふたりは凄《すご》く相性《あいしょう》がよくて、すぐに名実共に本当の親友になれた。

それがとても嬉しかった優真が、家で頻繁《ひんぱん》に親友の話をするようになり、それで興味を惹《ひ》かれたらしい和真に強引にせっつかれ、まだ中学生だった弟を親友に紹介《しょうかい》したこともある。

和真はいつもと同じように初対面であっても気後《きおく》れすることなく無邪気《むじゃき》に話しかけていき、話しかけられた拓人のほうも彼らしい堂々とした態度で受け答えしていたのだが……。

『優真が誉《ほ》めまくるからどんなにできた弟かと思えば、ただのお調子者の八方美人か。しかもたいしたブラコンだ』

しばらく話した後、拓人は和真をそんな風に評価した。

和真をそんな風に評価した人間なんて今までいなかったから、これには和真だけじゃなく、優真もかなりびっくりした。

『須藤弟、そう警戒《けいかい》するな。俺はおまえの兄を本当に気に入ってる。利用したりしないし、苛《いじ》めたりもしない』

更に拓人がそうつけ加えると、和真は真っ赤になって珍《めずら》しく黙り込んだ。

どうやら和真は、高校で新しくできたという優真の親友が、気弱で優《やさ》しい兄を都合よく利用するような奴《やつ》だったら困ると密《ひそ》かに心配して、どんな人間なのか探《さぐ》るつもりだったらしい。

だから図星をさされて、ぐうの音も出なくなったのだ。

そしてそれ以降、和真は拓人に苦手意識を持つようになり一切《いっさい》近寄らなくなってしまった。

(ちょっと残念)

優真としては、大好きな弟と大好きな親友には仲良くなって欲しかったのだが、これぱっかりは強要できないから仕方ない。

「おまえの弟、順調に背が伸びてるようだな」

正直羨《うらや》ましい、と小柄《こがら》な拓人が潔《いさぎよ》く素直《すなお》な気持ちを口に出す。

「僕も同感。でも、もっと羨ましい話があるんだけど……。話してもいい？」

「……その顔はまた叔父《おじ》さんの話だろう？　できれば遠慮《えんりょ》したいな」

優真が翔惟に対して叔父以上の感情を持っていることを知っている拓人は、露骨《ろこつ》に嫌《いや》そうな顔をする。

親友の恋《こい》した相手が親戚《しんせき》で、しかも男だってことには特に意見はないようなのだが、片思い中の浮《う》き浮きする気持ちやちょっと切ない想《おも》いなどを語られるのはどうも苦手らしい。

妹の恋バナを聞かされているような、なんとも言えない微妙《びみょう》な気分になるのだとか……。

なんで妹？　と首を傾《かし》げつつも、親友にとっての自分が、年下の弟妹という庇護《ひご》すべき対象として見られているのがおかしい。

まっすぐで堂々としすぎているあまり、どこか不器用なところがある拓人のことを、優真もまた、もうひとりの弟みたいに感じることがあるからだ。

「そう言わずに、ちょっとだけ……。――和くんってば、翔惟さんとも手の平の大きさを比べたみたいなんだよ」

「それが、どうかしたのか？」

「羨ましいなって思って」

「だったら、優真も同じようにすればいいだけだろう？」

拓人は不思議そうな顔をする。

「そんな……できないよ。恥《は》ずかしいし」

「恥ずかしい？　なにが？」

「手に触《さわ》ったりしたら、きっと真っ赤になっちゃうから……」

そんな顔を見られるのが恥ずかしいと優真がもじもじすると、キモいと拓人が断言する。

「酷《ひど》いなぁ。片思い中の複雑な心境をもっと理解してよ」

「無理だ。俺は片思いって中途半端《ちゅうとはんぱ》な状況《じょうきょう》がそもそも我慢《がまん》ならないんだ。鈍臭《どんくさ》い奴め。うじうじしてないで、さっさと告白してさっぱりしろ」

「それこそ無理だよ。告白なんて、きっと一生できないし……」

「面倒《めんどう》な。――いっそ俺がおまえの代わりに、その気持ちを代弁してきてやろうか？」

優真の片恋《かたこい》話を聞かされるのに辟易《へきえき》しているらしく、俺もすっきりするしいいアイデアだ、と拓人はちょっと本気っぽい顔をした。

「優真、許可をくれ」

「駄目《だめ》だよ。間違《まちが》いなくふられるから、あの家で一緒《いっしょ》に生活するのが気まずくなるし……」

「気まずくなるって……。相手は大人だぞ。おまえの居場所がなくなるような下手な断り方はしないだろう。それに、最初から玉砕覚悟《ぎょくさいかくご》なのか？　最初から諦《あきら》めてないで、成就《じょうじゅ》する可能性も少しは考慮《こうりょ》に入れとけよ。根暗な奴め。――おまえの叔父さん、三十すぎて女の影《かげ》がまったくないようだし、ことによるとゲイだって可能性もあるかもしれない。もしそうなら、おまえにだってチャンスはあるかもだぞ。優真はそれなりに美人なんだから」

「美人？」

断言されたことに驚《おどろ》いて、優真は親友の顔をまじまじと見た。

「ただし笑ってるとき限定だ。うじうじしたり落ち込んでるときは、陰気《いんき》臭《くさ》くて見られたものじゃない」

「……あ、そう」

小粒《こつぶ》でピリリと辛《から》いこの親友は、嘘《うそ》もお世辞も言わないから、きっとこれは真実だ。

美人だと言われていた母親に顔立ちそのものが似ているのは確かだから、元々の素材は悪くないはずなのだ。

でも、いつも優しく微笑《ほほえ》んでいた母親と違《ちが》って、心配性の優真はいつも不安げな顔ばかりしているから、せっかくの素材のよさを活《い》かしきれずにいるんだろう。

（しかも僕、翔惟さんの前じゃあんまり笑ってないし）

好きな人を目の前にするとどうしても緊張《きんちょう》してしまうから、たまに微笑んでも微妙にひきつっているはず。

ってことは、陰気臭くて見られたものじゃない顔ばっかり見られてるってことだ。

そんな顔を見られてばかりいるってことは、恋が成就する可能性も少ない。

（……それ以前に、親戚で男同士だし）

成就する可能性なんて、万にひとつもあるわけがない。

期待するだけ無駄《むだ》だって、ちゃんとわかってる。

昇降口《しょうこう》に着いた優真は、雨に濡《ぬ》れた傘《かさ》を畳《たた》みながら深くため息をついた。

入学してすぐに伝説を作ってしまった拓人は、面白《おもしろ》がった生徒会役員達に祭り上げられるまま、一年生の段階で生徒会長にまでなってしまっていた。

元々本人も生徒会の活動に興味津々《きょうみしんしん》だったとかで、拓人は堂々とその立場を受け入れ、二年になった今も全校生徒の支持を受けて生徒会長の座に君臨し続けている。

最近の優真は、生徒会役員達と一緒になってそんな拓人の手伝いをよくやっている。

一年生の頃《ころ》は、長患《ながわずら》いしていた母親の看病や家事なんかで放課後はいつも大忙《おおいそが》しだったのだが、その母も亡《な》くなり、日中に家政婦が通ってくる翔惟の家に引き取られてからはやることがなくなってすっかり暇《ひま》になってしまったせいだ。

この日の放課後も、拓人に頼《たの》まれ部活動に関するアンケート結果の表作成を手伝っていた。

その作業中、優真の携帯《けいたい》のメール着信音が鳴った。

「確か帰りも迎《むか》えに来るんだよな？　そのメール、叔父さんからだったら、作業途中《とちゅう》でも構わないから帰っていいぞ」

着信音に顔を上げた拓人が優真に言う。

「ありがと。でも、まだ帰らないからもう少し手伝えるよ」

メールは和真からで、翔惟さんに迎えを頼んだから一緒に帰ろうと誘《さそ》ってきている。

優真は、用事があるから自分はまだ帰らないと、その誘いをメールで断った。

その際、携帯画面をひょいっと覗《のぞ》き込んだ拓人が不満げな顔をした。

「だから、その用事は中断していいって言ってるだろうが」

「用事って、こっちのことじゃないんだよ。ちょっとね、帰りにATMによりたいから」

「また残高照会？」

「うん、まあね」

優真がちょっと気まずく頷《うなず》くと、「ATMに行くより、電話かけたほうが手っ取り早いだろうに」と拓人は呆《あき》れた顔をした。

それもそのはず、父親からの月に一度の生活費の入金を確認《かくにん》する為《ため》に、優真はここ最近毎日のように残高照会に通っているのだ。

月に一度、決まった日に入金する約束になっているのだが、仕事馬鹿《ばか》の父親はそれをすっかり忘れてしまっているらしい。何度かメールしてみたが、返事すら戻《もど》ってこない。

「セキュリティーの問題で仕事場に電話しても取り次いでもらえないんだよね。時差の問題もあるし、父さんってば昼夜関係なく働いてるみたいだから、部屋にも通じなくて……」

「駄目親父《おやじ》」

拓人が思ったことをはっきり口にする。

それに関しては、優真もけっこう同感だった。

(でも、そこが父さんの一番可愛《かわい》いところだって母さんは言ってたし……)

だから父親として至らなくても許してあげてね、と生前の母親によく言われたものだ。

母親の遺言《ゆいごん》だと思って、多少のことは目をつぶってあげたいところなのだが、お金に関することを忘れられるのは困りものだ。

きっと少しぐらい生活費が遅《おく》れても、翔惟はなにも言わない。

だが母方の祖父母にばれたら、また大騒《おおさわ》ぎになるに決まっている。

今の生活を守る為にも、なるべく波風は立てずにいたい。

その為にはどうすればいいだろうか？

心配性《しんぱいしょう》で段取り魔《ま》の優真は、そりゃあもう真剣《しんけん》に考えた。

その結果、足りない生活費はとりあえず自分の貯金から一時的に払《はら》うことに決めた。

お年玉を貯《た》めたのや、もしもの為にと母親から預かったお金もあるから、一年ぐらいならそれでなんとか誤魔化《ごまか》せる。

万が一、一年以上父親から入金がなかった場合を考えて、バイトしようかとも思っている。

知らないところで働くのはちょっと怖《こわ》いから、母親の親友で居酒屋を経営している女性、宏美《ひろみ》にバイトさせてもらえないかと打診《だしん》もしてある。

生活費の為にバイトなんかしていることがばれたら、やっぱり親戚からあれこれ言われるからバイトの件は誰《だれ》にも内緒《ないしょ》にしたい。その為にも平日の夜にこっそり働きたいんだけどと相談してみたら、それはちょっと……と、宏美はいい顔をしなかった。

それでもしつこく頼み込んだら、とりあえず試《ため》してみる？　と言ってくれた。

たぶん、夜のバイトが大変だってことを実感させて諦めさせようとしているのだろうが、優真はこれ幸いと週に一度の割合でこっそり家を抜《ぬ》け出してはお試しで手伝いをしている。

実は昨夜も行っていたのだが、こっそり夜に抜け出したのがばれた気配はない。

ちなみに、優真がバイトしたがっているのを知っているのは、宏美以外には拓人だけだ。

だからこそ、この件になると拓人は超不機嫌《ちょうふきげん》になる。

「親父も馬鹿だが、おまえも大概馬鹿《たいがいばか》だぞ。なんでそんなに前倒《まえだお》しで心配しまくって、自分ひとりでなにもかも背負おうとする？　金の問題は大人達に解決させるべきだ。今のおまえの直接の保護者は叔父《おじ》さんなんだから、叔父さんのほうから馬鹿親父に電話でもかけさせろ」

おまえのやり方は理解できない、と拓人が怒《おこ》る。

予防線を張って、この件は誰にも話さないとあらかじめ約束させていなかったら、翔惟のところに直訴《じきそ》に行きかねない勢いだ。

「だって、翔惟さんに迷惑《めいわく》かけたくないし……」

「迷惑なんてかけていいんだ。未成年のうちは遠慮《えんりょ》なく甘えろ。おまえは色々と我慢しすぎなぐらいだぞ。──こう言っちゃなんだが、やっと自由な時間を持てるようになったんだろう？　無駄なバイトなんかしてないで、もっと自分の為に有意義につかえ」

「無駄なんかじゃないよ。居酒屋の雰囲気《ふんいき》を見るだけでも、僕にとってはすっごく社会勉強になってるし……。それに、今は家に帰ってもやることがあんまりないから、なんか時間を持て余しちゃっててさ。だから……バイトすると、きっとちょうどいい感じになると思うんだ」

去年までは本当に忙《いそが》しかった。

母親が入院している病院に毎日顔を出して、生活能力のない父親の面倒《めんどう》も見ながら家事をこなし、和真の受験勉強だって手伝っていたから……。

しょっちゅう寝不足《ねぶそく》だったあの頃に比べると今は天国だ。

朝と休日の食事の支度《したく》だけは自分でしているけど、平日は家政婦さんが来てくれて掃除《そうじ》や洗《せん》濯《たく》、夕食の支度までしてくれる。

ゆとりがありすぎて、逆にぽっかり空いた時間に戸惑《とまど》うこともあるぐらいに……。

「心配してくれて嬉《うれ》しいけど、でも本当に大丈夫《だいじょうぶ》だから」

優真は目を細めて、心配してくれる親友に微笑みかける。

それでも拓人は、「大丈夫そうに見えないから言ってるんだ」と、不満そうな顔をしていた。


（やっぱり今日も駄目《だめ》か）

学校帰りに立ち寄ったATMの残高照会の画面には、昨日までと同じ数字が表示されていた。

がっかりして外に出ると、さっきまで止《や》んでいた雨がまたパラパラと降り出している。

朝と違《ちが》って帰りは遅刻《ちこく》の心配をしなくてもいいから、我慢《がまん》してまでバスを使う必要はない。

最初から翔惟に迎えを頼むつもりがなかった優真は、傘を差して家路についた。

家に帰ったら、もう一度父親にメールしてみようと思う。

父親が仕事以外においては無能な人だとわかってるから怒《いか》りは感じない。

むしろ、向こうでちゃんと生活できているかどうか心配なぐらいだ。

父親がライフワークとしている建築関連の新素材の研究は、その研究から派生しかかっている副産物のほうの価値が認められるというおかしなことになっていて、向こうの企業《きぎょう》ではその為に父親をＶＩＰ待遇《たいぐう》してくれているらしい。

世話係もつけてくれているようだけど、きっとかなり迷惑をかけているに違いなかった。

実生活においては無能で、人間としても研究者としても不器用だけど、その頭脳は超一流《ちょういちりゅう》。

そのギャップが可愛いのだと母親は言っていた。

デート中でも構わずに専門書を読み耽《ふけ》る朴念仁《ぼくねんじん》、放っておくと何日も着替《きが》えず食事すらまともに食べない駄目っぷりがなんだか可愛くて恋《こい》をした。

だからこそ、あんな駄目男とじゃ幸せになれないから止めろという、過保護で心配性の親戚《しんせき》一同の反対を強引《ごういん》に押し切ってまで結婚《けっこん》したのだと……。

『優真や和真みたいに可愛い子供にも恵《めぐ》まれたし、父さんと結婚して本当によかった』

そう言って、病院のベッドの上で微笑《ほほえ》んでいた母親。

彼女は、優真が叔父の翔惟に恋をしていることを知っていた。

翔惟の前でだけ不自然に赤くなる優真の態度で、その事実に気づいてしまったのだ。

最初は困惑《こんわく》したが、我が身を振《ふ》り返って、反対したところで無駄《むだ》だと思ったとも言っていた。

『こればっかりは、反対されればされるほど夢中になっちゃうものだから……。ねえ、優真。翔惟のどこがいいの？』

中学生の頃《ころ》、そう聞かれて、『僕を見てくれるところ』と答えたことを覚えている。

ずっと昔から、親戚の集まりで、いつものように大人達の輪の中心にいる和真を少し離《はな》れたところでひとりで眺《なが》めていると、必ずと言っていいほど翔惟が側に来て話しかけてくれた。

母親の病室で顔を合わせる度《たび》、優真はひとりで家のことを頑張《がんば》ってて偉《えら》いなと直接誉《ほ》めてくれたし、なにか俺に協力できることがあるなら遠慮なく頼《たよ》ってくれと申し出てもくれた。

明るい弟の陰《かげ》になりがちな自分を迷わず一番に見つけ出してくれて、そして気遣《きづか》ってくれる。

そのことが本当に嬉しくてたまらなかった。

その嬉しさが、いつの間にか恋に変わってしまっていた。

（……懐《なつ》かしいな）

母親の病室で、夢中になってそんな話をした日のことを思い出して優真は微笑んだ。

それでも彼女は、優真のこの気持ちを一過性の憧《あこが》れだと思っていたような気がする。

恋をしているのだと思い込んでいる息子《むすこ》の気持ちを、無理矢理押さえつけたり否定することで、その心が不自然に歪《ゆが》まぬようにと見守ってくれるつもりだったんじゃないかと……。

本気だとは思わずにいたからこそ、翔惟への恋心《こいごころ》がばれた後でも、優真が翔惟と話す機会を増やす為《ため》に協力もしてくれたんだろう。

母親の病室に見舞《みま》いに来た翔惟が、「手書きじゃないと仕事が進まないのに、あまりの俺の悪筆ぶりに読めないってクレームがきて困ってるんだ」と苦笑《くしょう》しながら話したのを聞いて、彼女は「それなら優真に清書を手伝ってもらったら？」とわざわざ薦《すす》めてくれさえしたのだ。

ただでさえ忙しい優真にそんなことは頼《たの》めないと翔惟は断ったが、手伝うことで会う機会が増えるのを期待した優真は、珍《めずら》しく頑張って食い下がった。

今ちょうどパソコンのタッチタイピングの勉強中だから、手伝いながら練習もできて一石二鳥だと慌《あわ》てて説得し、母親の後押しもあって翔惟を頷《うなず》かせることになんとか成功した。

翔惟の悪筆は想像以上で、ちょっとあり得ないそのレベルに最初は苦労もしたが、それ以上に好きな人が書いたものを一番初めに読めるのが凄《すご》く嬉しかった。

翔惟も、自分でテキストデータに落とす作業をすると、つい修正を加えて最初の勢いを消したりテンポを変えてしまうことがあるから、手伝ってもらえて助かると喜んでくれた。

凄く忙しい時期は手伝えないこともあったけど、暇《ひま》になった上に一緒《いっしょ》に暮らすようになった今では、毎日のように翔惟に手渡《てわた》された原稿《げんこう》をテキストデータに落とす作業をしている。

夕食後などにキッチンに置いてあるそれ専用のパソコンで日々その作業をしていると、それを脇《わき》で見ている和真は、なんでこんな酷《ひど》い字が読めるのかとよく首を傾《かし》げる。

なにかコツがあるの？　と聞かれたが、答えられずに困った。

びっくりするような悪筆でも、好きな人の字だと思うとやっぱり愛《いと》しいものだ。

それで、じ〜っと眺めているうちに、ぼんやりと規則性が浮《う》かび上がってきてなんとなく読めるようになったのだが、さすがにそれは和真には言えない。

(母さんにになら、なんでも話せたのに)

拓人に話したりしたら「恐《おそ》ろしいほどの執念《しゅうねん》だな」と呆《あき》れられそうだが、きっと母親なら「なんだか素敵《すてき》ね」と微笑んでくれそうな気がする。

(母さんがいてくれたらな)

母親の心臓に異常が見つかったのは、優真が小学校四年生の頃。それからゆっくりと病状は悪化し続け、高校生になった頃には移植手術を考えたほうがいいとまで医者に言われていた。

　国内での移植手術はほとんど行われていない状況《じょうきょう》だから、海外での手術の可能性を前向きに探《さぐ》りはじめたばかりだったというのに、ほんのちょっとの油断から風邪《かぜ》を引いたことで急激に容態《ようだい》が悪化して、あっという間に彼女は逝《い》ってしまった。

　普通《ふつう》の人なら簡単に治る病気も、長年の闘病《とうびょう》で弱り切っていた身体《からだ》には致命的《ちめいてき》だったのだ。

　急すぎる死に呆然《ぼうぜん》としている間に、実感がないまま葬儀《そうぎ》の準備は着々と進められていく。

　家事を一手に引き受けていた優真は、周囲の状況に流されるまま必然的にそれを手伝っていたが、その途中《とちゅう》、翔惟に呼び止められて人気《ひとけ》のない部屋に引っ張り込まれた。

「少しでもいいから休め。昨日から一睡《いっすい》もしてないいんだろう？　優真の具合まで悪くなったら、姉さんも悲しむよ」

　酷い顔色をしていると、翔惟は頰《ほお》を撫《な》でてくれた。

　その指先の冷たさに驚《おどろ》いて見上げた先には、翔惟のとても悲しそうな瞳《ひとみ》があった。

　失われた命を、翔惟も深く悼《いた》んでくれている。

　自分達はいま同じ悲しみの中にいるのだと感じた途端《とたん》、張《は》り詰《つ》めていた優真の気持ちはぷっつりと切れて、はじめて涙《なみだ》が零《こぼ》れてきた。

　そして優真は、そのときはじめて母親の死を実感として受けとめることができたのだ。

　ぼたぼたと涙を溢《あふ》れさせて泣きじゃくる優真を、翔惟は落ち着くまで慰《なぐさ》めてくれた。

　涙で濡《ぬ》れた頰を手の平でぬぐい、しゃくりあげて震《ふる》える背中を抱《だ》き締《し》めてくれていた。

（あのとき、翔惟さんが呼び止めてくれなかったら、僕、おかしくなってたかも……）

あのまま、周囲の状況に流されて慌ただしく葬式《そうしき》を終えてしまっていたら、日常生活に戻《もど》った後で現実に向き合えなくなっていたかもしれない。

以前とは変化した現実についていけず、もう待つ人のいない病院にうっかり足を運んだり、病室に飾《かざ》る為の花を用意したりとかしていたんじゃないかと……。

翔惟が辛《つら》い現実を認める為の時間を作ってくれたお陰《かげ》で、優真は唐突《とうとつ》すぎる母親の死をちゃんと認めることができたのだ。

今から考えると、翔惟への恋は、本当はあのときにはじまったんじゃないかと思う。

それまではただの淡《あわ》い憧れだったのが、あのときから本物の恋心にシフトしたような、そんな気がするのだ。

自分をちゃんと見ていてくれるから好き。

優《やさ》しいところも大好き。

差《さ》し伸《の》べられたその頼りがいのある手は、深い悲しみを乗り越《こ》える道しるべになってくれた。

(少しでも長く一緒にいたいな)

この同居は一時的なもので、ずっと一緒に暮らせるはずがないってことはわかってる。

だからこそ、迷惑《めいわく》や負担にならないようにしたい。

一緒に暮らした日々が、せめて翔惟にとって嫌《いや》な記憶《きおく》になったりしないように……。

(原稿の清書、ず〜っと続けられたらいいのに)

最近、以前に比べると翔惟の仕事量が減りがちなのがちょっと気になっているけど、それでも「助かるよ」と翔惟に声をかけられると天にも昇《のぼ》るほど嬉《うれ》しい。

たまに翔惟は、優真に負担をかけないようアシスタントを雇《やと》ったほうがいいのかもな、なんて冗談《じょうだん》混じりに口走ったりする。

翔惟が本気じゃないのがわかってるから黙《だま》っているけど、その度に優真は、それ僕がやりたい！　と立候補したい気持ちになる。

(もしそうなったら、ずっと翔惟さんの側にいられる)

身の回りの世話をしつつアシスタントとしてずっと一緒にいられたら、どんなに幸せだろう。

翔惟の為に資料を集めたりスケジュールを管理したり、一緒に行動してテレビ局とかにもいったり……。

優真はいつものように、想像力を駆使《くし》して楽しい空想にふけった。

(人前では、石神先生、なんてかしこまって普段《ふだん》とは違《ちが》う風に呼ぶんだ)

そして翔惟も、なんだい須藤くん、なんて改まった呼び方をしたりして……。

ふふふっと自然に緩《ゆる》んでしまう口元を、優真は差していた傘《かさ》をちょっと前に倒《たお》してすれ違う人達から隠《かく》す。

そんな風にして、空想しながらぼんやり歩いていたものだから、すぐ側でいきなり短いクラクションの音が響《ひび》いたときは、本気でビクッとしてすくみ上がった。

なんだ？　と傘をずらして道路を見ると、見覚えのあるSUV車が歩道脇に停《と》まっている。

(この車って……もしかして)

車の窓を覗《のぞ》き込むと、笑《え》みを浮かべた翔惟が乗れと手招きしている。

「あ……りがとうございます」

メールを寄こせと言われていたのに、遠慮《えんりょ》してそうしなかった優真は、なんとなく気まずい気分で助手席に乗り込んだ。

「ちょっと届け物があって出掛《でか》けてたんだ。見覚えのある傘が見えたから、もしかしてと思ったら大当たりだ。ちょうどいいタイミングだったな」

和真はとっくに家に帰ってるぞ、と翔惟が言う。

(届け物って、本当かな?)

いくらなんでも、タイミングが良すぎるような気がするけど……。

(僕が歩いて帰ってくるのを予想して、わざわざ捜《さが》してくれてたとか)

もしそうだったら天にも昇るほど嬉しいけど、わざわざ自分を捜してくれただなんて考えるのは、思い上がりがすぎるだろうか?

心配性故《しんぱいしょうゆえ》に一緒に暮らしていると色々考えすぎて暗い気分になることもあるけど、それでもやっぱり大好きな人の側で暮らせることは凄く嬉しい。

(翔惟さんの車の助手席に座っちゃった)

和真と一緒だったら、きっと無理だった。

ちょっと得した気分になった優真は、口元を隠してこっそり微笑《ほほえ》んだ。

2

「本人が大丈夫《だいじょうぶ》だって言ってるんだから平気だってば。せっかく梨華《りか》ちゃんが服買ってくれるって言ってるんだからさぁ。優ちゃんも一緒《いっしょ》に行こうよ」

ごねる和真に手首を摑《つか》まれて軽く引っ張られたが、優真はその場を動かなかった。

「ごめん。やっぱり行けない。和くんだけ行って……。梨華さんにはメールしとくから」

須藤梨華は優真達の独身の叔母《おば》で、父親の妹にあたる人だ。

翔惟より若干《じゃっかん》年上なのに永遠の二十七歳だと宣言している彼女は、クォーターとしての華《はな》やかな外見を活《い》かし、若い頃《ころ》はモデルやCMタレントとして活躍《かつやく》していた。ここ最近はハーブやアロマオイルなど自然派志向のショップや、パワーストーンと呼ばれる天然石のアクセサリーを受注生産するショップを主にネット上で展開する実業家として話題になり、テレビや雑誌などにもよく取り上げられている。

優真達が母方の叔父《おじ》である翔惟のところに居候《いそうろう》する話が出たとき、独身で生活にも余裕《よゆう》のある彼女が、そういうことなら家に来てもいいわよと言ってみんなを驚かせたが、これは即座《そくざ》に両家の親戚《しんせき》一同から、馬鹿《ばか》を言うなと頭ごなしに反対されて立ち消えになった。

そこそこ名の知られたタレントである彼女は、若い頃ほどではないにしろ派手な男関係を週刊誌などにスクープされることがあって、どうにもこうにも周囲が賑《にぎ》やかなせいだ。

居候の話は立ち消えになったものの、その後もずっと優真達を心配してくれていて、なにかというとメールや電話をくれる。この週末は、美味《おい》しいものをご馳走《ちそう》するし服も買ってあげるから、ふたり一緒に泊《と》まりがけで遊びにおいでと誘《さそ》われていたのだ。

優真も昨日までは行く気だったのだが、急きょ事情が変わった。

昼近く、優真達が出掛ける間際《まぎわ》になって起きてきた翔惟の具合が酷《ひど》く悪かったせいだ。

ちょっとばかり蒸《む》し暑かった昨夜、翔惟は風呂上《ふろあ》がりにお試《ため》しのつもりではじめて新品のエアコンのスイッチを入れ、そのままうっかり眠《ねむ》ってしまったのだと言う。

去年まではどんなに暑くても空調を使わず自然のままに生活していた為《ため》に油断したようで、やたらと低い温度の冷房《れいぼう》に設定していて、しかもいつものように裸《はだか》で寝《ね》てしまったものだから身体《からだ》が超絶《ちょうぜつ》に冷えてしまったようだ。

目覚めたときにはしっかり風邪《かぜ》を引いていて、かなりの高熱がある状態になっていた。

『心配いらない。頑丈《がんじょう》にできてるから一日経《た》てばケロリと治ってるよ』

冷房ですっかり喉《のど》をやられて声が出ない翔惟は、優真にしか読めない悪筆でメモを書いた。

『ひとりでも大丈夫だから、梨華のところで楽しんでおいで』

メモを読まされ、そう促《うなが》されたが、心配性の優真はどうしても頷《うなず》けない。

(母さんは風邪のせいで死んだんだ)

最初に小さなくしゃみが出たとき、彼女も心配いらない大丈夫だと言っていた。

それを思うと、大丈夫だと言われてもどうしても安心できない。

優真は和真だけを梨華のところにやって、ひとり残って翔惟の看病をすることにした。

『本当に大丈夫なんだよ。これから仕事だってするつもりだし。今からでも遅《おそ》くないから和真を追いかけたら？』

翔惟は悪筆のメモで優真を説得しようとしたが、優真はとんでもないと逆に反対した。

高熱がある状態で仕事なんてもってのほかだ。

翔惟の背中を押して部屋に行かせ、懲《こ》りずに裸で寝ようとする翔惟に無理矢理Tシャツを着せてベッドに押し込む。

寝るときはいつも裸なんだ、などとメモで抵抗《ていこう》されたが悪筆すぎて読めないふりをしてシカトした。身体を冷やして体調を崩《くず》したのだ。これ以上の悪化を防ぐ為にも、最低限服は着ていてもらわないと困る。

いつもだったら翔惟相手に強気に出ることなんて絶対にできないが、このときは違った。

押し負けて翔惟の我が儘《まま》を許したせいで風邪が悪化したら嫌だ。

それぐらいだったら、うるさい奴《やつ》だと思われたほうがまだましだった。

かなり喉が痛いだろうに、普通《ふつう》のご飯でも食べられるよと書いたメモを見せる翔惟をやっぱりシカトしてからお粥《かゆ》を作って食べさせて、保冷剤《ほれいざい》を包んだタオルを額に押しつけて、薬を飲ませて水分を取らせる。

それからまた熱を測って、汗《あせ》で濡《ぬ》れた服を着替《きが》えさせて、保冷剤も取り替《か》えて……。

(あと、なにかできることないかな……)

心配で心配で、もうじっとしていられない。

洗濯物《せんたくもの》を手にきょろきょろしていると、ベッドに横になったままの翔惟に手招きされた。

「なにかご用がありますか？」

近寄って行くと悪筆のメモを見せられた。

『ご飯を忘れてるよ』

「ご飯？　お粥じゃ足りなかったですか？」

同じじゃ飽《あ》きるだろうしパン粥はどうかと聞くと、翔惟は首を横に振《ふ》って優真を指差した。

意味がわからず、「僕？」と優真は自分の鼻に人差し指を当てて首を傾《かし》げる。

(ご飯で……僕？)

帰宅した新婚《しんこん》の夫に、ご飯、お風呂《ふろ》、それとも私？　と聞く、すでに古典となったお色気ホームドラマの光景が、ほんの一瞬《いっしゅん》だけ脳裏《のうり》をよぎる。

(……って、そんなわけないない)

ぼわあっと赤くなった優真は、額のあたりで手を振って脳裏に浮《う》かんだ光景を追い払《はら》った。

では、どういうことだと考え込んでいると、その間に書き上げた新たなメモを見せられる。

『お昼ご飯を抜《ぬ》いただろう？　食べてくるといい』

「ああ、そういうこと。大丈夫です。お腹空《なかす》いてないし」

『空いてなくても食べなさい。俺なら大丈夫だから』

「でも……」

目を離《はな》すと、すぐに起きて仕事しそうな予感がして心配だ。普段健康な人ほど、自分の体力を過信して無理するものだし……。

優真がそう告げると、「仕事はしない。おとなしく寝てる」と翔惟がかすれきった息のような声で言う。

目の前で『約束する。信用して』とまで書かれてしまった優真は、それ以上反論できずに渋々《しぶしぶ》と翔惟の部屋を出た。

食欲《しょくよく》はないが、翔惟に言われたから仕方なくキッチンでお粥の残りを機械的に口に運ぶ。

「……ほんとにおとなしく寝てるかな」

食べ終えると、やっぱり翔惟の様子が気になってきた。

様子を見に行こうと腰《こし》を浮かしかけ、やっぱり駄目《だめ》だとまた椅子《いす》に座り直す。

（もし寝てたら、きっと起こしちゃうし……）

様子だけ見て、そうっとまた部屋を出るなんてことが今の自分にできるとは思えない。

熱が下がったかどうか気になるあまり額に手を当てたり、汗をかいていたら水分を補給させなきゃとか着替えさせたほうがいいかもなんて考えて、結局翔惟を起こしてしまいそうだ。

「僕……やっぱり、ちょっと変だ」

心配で心配でいてもたってもいられない。

大丈夫なんだと確認《かくにん》したとしても、きっと五分後にはまた心配になるだろう。

自分のそんな精神状態が決してまともではないことぐらい自分でも自覚している。たぶん唐突《とうとつ》に母親を失った経験が、この異常な心配性《しんぱいしょう》の原因なんだってことも……。

（いい加減にして、そろそろもう少し落ち着かなきゃ……。――大丈夫、翔惟さんは母さんとは違《ちが》う。風邪ぐらいでどうこうなったりしないんだから）

熱はあるけど、身動きできないほどの高熱ってわけじゃない。

月曜までに熱が下がらなかったら医者に行くと約束してくれてもいる。

翔惟は基礎《きそ》体力がちゃんとあるから、休んでさえいれば熱も下がるはずだ。

不必要なほどに面倒《めんどう》を見すぎてしまっては、ゆっくり休めるものも休めなくなる。

（夜までそっとしとこう）

あと五時間は絶対に様子を見に行かないと自分に言いきかせてみたが、やっぱりどうしてもじっとしていられない。

「……野菜スープでも作ろう」

料理作りならば、病人の眠りを妨《さまた》げることはないし、同時に役に立っている気分にもなれるから少しは気も紛《まぎ》れるはずと、優真はいそいそとエプロンを身につけて冷蔵庫を開けた。

そして五時間後。

（よし、時間だ）

しばらく前から時計と睨《にら》めっこしていた優真は、大急ぎで翔惟の部屋に向かった。

ノックしてからそうっとドアを開けると、ベッドに上半身を起こしていた翔惟に手招きされて、体温計を見せられた。

「下がってる！」

平熱とまではいかないが、その体温が微熱《びねつ》程度にまで下がっていて大喜びする。

（ほんとに大丈夫《だいじょうぶ》だった）

ずっと心配ばかりして不安定だった心が、下がった体温計の表示と同調して、ストンと一気に安定したような感じがした。

「だ……から、心配いらないって言っただろう？」

ほっとして大喜びする優真を見て微笑《ほほえ》みながら、翔惟がかすれきった声で言った。

「僕、大袈裟《おおげさ》に騒《さわ》ぎすぎましたか？」

「そんなこと……っ」

シュンとした優真に、慌《あわ》ててかすれきった声を出した翔惟がいきなり咳《せ》き込む。

「ああ、喉のほうはまだ駄目っぽいですね」

「大丈夫……だ」

いったん言葉を句切って、翔惟は枕元《まくらもと》にあるメモ帳を手に取った。

『ちょっと気管支がむずむずしただけでもう痛みはない。一眠《ひとねむ》りして楽になった。ひとり暮らしが長いから、体調が悪いときに心配されるのも悪くない。なんだか子供の頃《ころ》を思い出すよ』

「そう言ってもらえると嬉《うれ》しいです。……あの、夕食は食べられそうですか？」

『もちろん』

「じゃあ僕、持ってきます。お願いですから、今日だけはおとなしくしててくださいね」

立ち上がろうとする翔惟を制して、優真はキッチンから用意してあった夕食を運んで来た。

メニューは、野菜スープに生姜《しょうが》と葱《ねぎ》をたっぷり使った和風リゾットに茶碗蒸《ちゃわんむ》し、須藤家の人間が風邪を引いたときに食べる定番のメニューだ。

翔惟は至《いた》れり尽《つ》くせりの待遇《たいぐう》に少々照れくさそうにしながら、ベッド脇《わき》のサイドテーブルの上に並べられた料理に手をつけた。

ひとしきり味見して、ちょっと嬉しそうにメモ帳を手に取る。

『どれもこれも懐《なつ》かしい味だ』

「懐かしい？」

『子供の頃に食べたのと同じ味なんだ』

「ああ、そうか……。僕は母さんから料理教わったから」

優真の母親に料理を教えたのは祖母だろうから、翔惟にとってはお袋《ふくろ》の味に近いのかもしれない。自ら進んで母親に料理を習っていてよかったと、嬉しそうに料理を食べる翔惟を見つめながら、優真はこっそり喜びに浸《ひた》る。

食後、けっこう汗をかいたしシャワーだけ、と翔惟がバスルームに行こうとするのを「今日ぐらいは我慢《がまん》してください」と優真は止めた。

とりあえず高熱が出た日だけはシャワーも厳禁というのが須藤家の掟《おきて》なのだ。

「蒸しタオルを用意します。けっこうさっぱりしますよ。背中は僕が拭《ふ》いてあげますから」

食べ終えた食器を手にキッチンに向かおうとする優真に、慌てた翔惟がメモを見せる。

『さすがにそれはもうヤバイ。勘弁《かんべん》してくれ』

「ヤバイ？」

どういう意味だろう？　と優真は軽く首を傾げた。

それを見て、翔惟は妙《みょう》に気まずそうな顔をしてメモを書きはじめた。

『湯冷めしないように充分《じゅうぶん》に気をつける。誓《ちか》う。約束するから』

頼《たの》む、と拝まれてしまって優真は渋々《しぶしぶ》頷《うなず》いた。

「シャワー浴びた後、裸《はだか》でうろうろしたりしちゃ駄目ですからね」

しつこく念を押すと、翔惟は優真が着替《きが》えの為《ため》に用意しておいたTシャツを手に取り、苦笑《くしょう》しながら左手でOKマークを作ってみせた。


（いくら心配だからっていっても、ちょっとあれは図々《ずうずう》しすぎたかな）

食洗機を使う程《ほど》じゃないと、少量の食器を手洗いしながら優真は自分の態度を反省する。

優真の命令口調にも、やっぱり翔惟が気分を害した様子がなかったのが救いだ。

（って言うか、面白《おもしろ》がってた？）

気さくな人だから、むしろ図々しいぐらいのほうがつき合いやすいのかもしれない。

そうは思っても、普段《ふだん》からそんな風に振る舞《ま》うことはできないけど……。

（っと、また拓人くんにウザいって言われちゃうか）

——すぎたことをうじうじぐずぐず反芻《はんすう》して後悔《こうかい》して、ああでもないこうでもないと鬱陶《うっとう》しいことこの上ないっ！

そう断言する親友の凜々《りり》しい顔が脳裏《のうり》に浮かんで、優真はひとりで苦笑した。

うじうじしてないで明日の朝食の下ごしらえでもしようと、冷蔵庫を開けて可能なメニューを検討する。

この調子なら明日にはもっと回復しているはずだから、少し硬《かた》めのものでも大丈夫だろう。

野菜スープの残りに鶏《とり》団子を浮《う》かべ、ふわっと柔《やわ》らかく焼き上げたフレンチトーストに、温野菜のサラダとボイルしたウインナーとか……。

（こういうの楽しい）

材料を確認《かくにん》して、作る手順を頭の中で整理して、できる限りの下ごしらえをしておく。

きちっと無駄《むだ》なく計画を組み立てていくのは、気分がすっきりするようで好きだ。

同じように、やればやっただけ結果が出る勉強も嫌《きら》いじゃない。

でも、人間関係は苦手。

人の心は教科書のように読むことができないし、その行動を予測したり、自分の都合で整理整頓《せいとん》することもできないから……。

和真には鈍《にぶ》いと言われ、拓人には鈍臭《どんくさ》いと言われるように、優真は人の心の機微《きび》にどうも鈍いところがある。

そんな自分を自覚しているから、余計に引っ込み思案にもなってしまう。

(でも、今日だけは積極的に動いても大丈夫)

病人相手なんだから、ちょっとぐらい過剰《かじょう》に世話しても構わないだろう。

朝食の段取りを終えた優真は、翔惟の為に喉《のど》の痛みに効くと母親から教わった特製の紅茶を淹《い》れることにした。

(たぶん、まだ起きてるはずだけど)

翔惟がバスルームから部屋に移動した気配がしたのは二十分ぐらい前。

生姜の搾《しぼ》り汁《じる》とハチミツと料理用に置いてあったブランデーをたらした濃《こ》いめの紅茶を手に、そうっとドアをノックして開ける。

「……っ」

と、ベッドの上であぐらをかいてテレビを見ていた翔惟が、優真に怒《おこ》られるとでも思ったのか、ちょっと気まずそうに頭をかいてからメモを手に取った。

『日中に寝《ね》たから眠《ねむ》くなくてね。眠くなるまでDVDを見ようかと』

「だろうと思いました。だから、ナイトキャップ代わりに、喉にいいって母さんに教わった紅茶を淹れてきました」

子供みたいに言い訳するのがなんだか可愛《かわい》い。

優真は珍《めずら》しくごく自然な笑《え》みをその顔に浮かべながら、手に持っていた紅茶を渡《わた》した。

懐かしい味だと喜んでもらえるんじゃないかと期待していたのだが、紅茶の香《かお》りを嗅《か》いだ翔惟はちょっと困惑《こんわく》気味の顔になる。

『酒、けっこう入ってる？』

「ブランデーをちょっと多めに入れましたけど」

『俺、実は下戸なんだ』

「あ、じゃあ、淹れ直して来ます！」

優真が慌ててカップを手に取ろうとすると、やっぱり慌てたのか「大丈夫だ」と翔惟がかすれた声で言った。

『紅茶に入ってる程度なら睡眠薬《すいみんやく》代わりにちょうどいい。ありがたくいただくよ』

「具合悪くなったりしません？」

『大丈夫。普通《ふつう》の人より弱いだけでアレルギーとかじゃないから』

翔惟は微笑んで、優真の目の前で紅茶を一口飲んでみせた。

『よく眠れそうだ。今日は俺の不注意でせっかくの休日を潰《つぶ》しちゃって悪かったね』

「悪いことなんてないですよ。いつもお世話になってるんだから、こういうときにお役に立てるのが嬉しいです」

『そう？　でも、梨華には叱《しか》られるだろうな。可愛い甥《おい》っ子とのデートを邪魔《じゃま》されたって』

「和くんが僕の分も楽しませてあげてると思うんで大丈夫です」

翔惟がメモを書き、そのメモを手渡《てわた》されてから読んで、そしてゆっくり考えて返事をする。

ワンクッション置いたのんびりした会話は、優真の性分《しょうぶん》にあっているようで、いつもより全然緊張《きんちょう》せずに楽しく話ができる。

『服を買ってくれるって言ってたんだっけ？』

「はい。元モデルのお友達が若い子向けの新しいブランドを立ち上げたとかで、ショップで着せ替《か》え人形させたがってたみたいです。一種のサクラだったのかも……。でも、それも和くんがいれば充分ですし、僕、あんまり服とか興味ないから、きっと行っても手持ちぶさただったような気がするんです。だから、むしろ行かずに済んでほっとしたかも……」

『もったいないことを言うなよ。せっかく姉さんに似た綺麗《きれい》な顔立ちをしてるんだから、もっとお洒落《しゃれ》を楽しめばいいんだ』

(綺麗な顔立ちって……)

メモを読んだ途端《とたん》、ぼぼぼっと、優真の耳元から顔まで一気に赤くなっていく。

普通の会話だったら、なにか聞き間違《まちが》えちゃったかもと自分の耳を疑うところだが、悪筆とはいえちゃんとしたメモ書きだけに疑う余地がない。

しかも、これは何度だって読み返すことができる。

(このメモ、絶対欲しい！)

翔惟は新しい文章を書く度《たび》に一枚捲《めく》ってゴミ箱に捨てているから、明日の掃除《そうじ》のときにでもこっそり拾っておこう。

(きっと、一生ものの宝になる)

見間違《みまちが》えようのない翔惟の悪筆で書かれた自分への言葉。

翔惟にとっては特に深い意味はなくとも、優真にとってはなによりの賛辞だ。

真っ赤になったまま、手にしたメモを穴の開くぐらいじいっと見つめていた優真は、ぷっと微《かす》かに笑う声にはたと我に返った。

「あ……」

翔惟がこっちを見て、なにやらおかしそうな顔をしている。

(うわあ、変に思われたかも……)

自意識過剰《じいしきかじょう》だと思われたら嫌《いや》だなと困惑していると、手に持っていたメモ帳を取り上げられた。なにを書くつもりなんだろうとちょっとドキドキしながら待っていると、戻《もど》ってきたメモ帳には『ドラマ見る？』と予想外の言葉が書き込んである。

変に突《つ》っ込《こ》まれなくてほっとしたけど、ちょっと拍子抜《ひょうしぬ》けだ。

「ドラマって？」

『今かけてるＤＶＤ。最近業界で話題の新人脚本《きゃくほん》家の二時間ドラマ。藤野旭《ふじのあさひ》って知ってる？』

「知ってます。翔惟さんがエッセイ書いてる雑誌で、特集記事を組まれてた人」

バスケ選手並みの高身長に、モデル並みの美貌《びぼう》の持ち主だと評判の新人脚本家。

翔惟が書いている雑誌だからとりあえずざっと眺《なが》めてはみたが、さして興味は惹《ひ》かれなかったし、むしろその注目度の高さがなんだか気に入らなかったぐらいだ。

同業者だけに、同じ雑誌でエッセイを連載《れんさい》している翔惟の影《かげ》が薄《うす》くなるような気がして……。

「あの綺麗な顔のお陰《かげ》で目立ってて、アイドルみたいな扱《あつか》いをされてるんですよね」

『お、けっこう辛辣《しんらつ》。優真は外見では左右されないんだな』

翔惟がおかしそうに微笑《ほほえ》んだ。

『でも実際に脚本家としても上等な奴《やつ》らしい。評判はいいから見て損はないんじゃないかな。俺も、参考までに見ておけって知人に送りつけられたんだけどさ』

優真が渡されたメモを読んでいる間に、翔惟はリモコンを操作して流しっぱなしになっていたDVDを最初に戻した。

（ドラマには興味ないんだけど……。まあ、いいか）

ここ数年ずっと忙《いそが》しかったから、優真が見るのは翔惟が脚本を書いたドラマだけで、他《ほか》のものはほとんど見ていなかったし興味もなかった。でも、このDVDが流れている間は、この部屋で翔惟と一緒《いっしょ》にいられるのだと思えば、我慢《がまん》してでも見る価値は充分《じゅうぶん》にある。

ひとりがけのソファに置かれてあったクッションを持ってきて翔惟のベッドの脇《わき》に置き、それにもたれるように絨毯《じゅうたん》敷きの床《ゆか》に座って大きなテレビ画面を見た。

（そういえば、このテレビも新しく買い換《か》えたんだっけ）

家のリフォームだけじゃなく電化製品や大まかな家具まですべて買い換えたと知って、自分達のせいかとびびった優真に、ちょうどいい機会だったんだと翔惟は笑って言った。

古い家で古い家具に囲まれて暮らすのも悪くなかったが、あまり厭世観《えんせいかん》に浸《ひた》りすぎると自分までアンティークになりそうで、だからちょうどよかったんだと……。

でも、昔読んだ翔惟のエッセイでは、古い家の昭和っぽい感じが気に入っていると確かに書いてあったのだ。

（子供時代の懐《なつ》かしい記憶《きおく》に浸れるからって……）

生まれ育った祖父母の家は確か十年ほど前に建《た》て替えをしているから、余計にこの家は貴重だったんじゃないだろうか？

その貴重な場所を、翔惟は自分達兄弟の為《ため》に壊《こわ》してしまったのだ。

（……ああ、もう駄目《だめ》だな）

せっかく楽しかったのに、すぐに思考が暗いほうに向いてしまう。

こんな風に負い目を感じていることを知ったら、逆に翔惟を困惑させるだけなのに……。

（ちゃんとテレビ見よ）

せっかく翔惟とふたりきりで同じ時間を共有できているんだから、もっと楽しまないと損だ。

優真はテレビ画面の画像に意識を集中した。

が、数分後、その唇《くちびる》からはため息が零《こぼ》れていた。

（このドラマ、僕向きじゃない）

ぽんぽんぽんっと調子のいいお洒落な掛《か》け合いに、めまぐるしく変わる登場人物と場面。

展開が速すぎて鈍臭《どんくさ》い優真はどうにもこうにも話についていけず、すっかりドラマに置いていかれてちょっと退屈《たいくつ》になった。

翔惟は面白《おもしろ》いのかなと振《ふ》り向いてみたら、いつの間にかぐっすり眠ってしまっている。

（そうっとそうっと……）

翔惟を起こさないよう、オーディオ関係の電源を落とし、腹のあたりまで捲れている毛布をそうっと肩《かた》までかけ直す。

早々に立ち去るべきだとはわかっていたが、どうしても立ち去り難《がた》くて、照明を暗くするとベッド脇にぺたっと座って翔惟の寝顔《ねがお》を眺めた。

(いつもは優《やさ》しい雰囲気《ふんいき》なのに、眠ってるとちょっと怖《こわ》い感じになるんだ)

闇《やみ》に慣れてきた目に、成長途中《とちゆう》の和真とはまったく違《ちが》う、本当の大人の寝顔が映る。

彫《ほ》りが深く落ちくぼんだ眼窩《がんか》に高い鼻、キリッとした口元。

普段《ふだん》の穏《おだ》やかな微笑みがないと、生来の厳しめの硬派《こうは》な顔立ちが前面に出てくるようだ。

残念ながらシャワーのときにでも剃《そ》ったのか髭《ひげ》は見当たらなかったから、そうっと短い髪《かみ》に触《ふ》れてみてチクチクする硬《かた》い髪の毛の感触《かんしょく》を楽しんだ。

(僕の髪質《かみしつ》と全然違う。……脱色《だっしょく》してるせいもあるのかな)

こんな風に間近で無防備な寝顔を見られるチャンスがあるなんて思ってもみなかった。

(……ちょっと得した気分)

翔惟が風邪《かぜ》を引かなければこんなチャンスは訪《おとず》れなかったし、そもそも母親があんな突然《とつぜん》に失われることがなければ、翔惟とひとつ屋根の下で暮らすことだってなかっただろう。

それを思うと、ちょっとだけ疚《やま》しい気分にもなるけど、それでもやっぱり嬉《うれ》しい。

優真は幸せ気分に浸りながら、翔惟の寝顔を眺め続けていた。

ふと気づくと、ベッドの中にいた。

（あれ？　いつの間に部屋に戻ったんだっけ？）

寝返《ねがえ》りを打ちかけ、ピタッと止まる。

（……違う。戻ってない）

一気にザアッと血の気が引いた。

頭まで潜《もぐ》り込んだ毛布から、昼間、翔惟の汗《あせ》を拭《ふ》いたときに嗅《か》いだ香《かお》りが微かにただよってきたからだ。

（ベッドに潜り込むの、いつの間にか癖《くせ》になっちゃってたんだ）

母親の病室を毎日のように見舞《みま》っていた頃《ころ》、慢性《まんせい》の睡眠不足《すいみんぶそく》がたたってどうしても眠気《ねむけ》に勝てずに、誰《だれ》か来たら起こしてと頼《たの》んで三十分だけ母親のベッドに潜り込んで仮眠《かみん》することがたまにあった。

どうやらそれが癖になってしまったようで、翔惟の寝顔を眺めたままうとうとした拍子《ひょうし》に、ついベッドに潜り込んでしまったらしい。

（早く出なきゃ）

こんな状態で翔惟が目を覚ましたりしたらまずい。

母さんのベッドに潜り込むのが癖になってたから、なんて言い訳も、高校生男子としてはとんでもなく恥《は》ずかしいし……。

起きませんようにと祈《いの》りながら、そうっと身体《からだ》をずらしてベッドから降りようとしたのだが、不意に力強い腕《うで》に引き戻された。

「……あ」

起こしちゃってごめんなさい、と謝ろうとして開いた唇が温かなもので塞《ふさ》がれる。

（——え？……なに？）

翔惟にキスされている。

それは、すぐにわかった。

だが、なぜ翔惟が自分なんかにキスしているのかがわからない。

わからないが、大好きな人からのキスはやっぱり嬉しい。

だから、押し当てられていた唇が、その感触をちゃんと確かめるより先に離《はな》れていったときも、ごく自然に「もっと……」と声が出てしまっていた。

（ぼ、僕、なに言っちゃってるんだ）

自分で自分の台詞《せりふ》が恥ずかしくて、ぼわあっと赤くなった優真は慌《あわ》てて顔を背《そむ》ける。

だが翔惟の手によってまた正面を向かされ、再び口づけられた。

しかも今度は、さっきまでとは違う深いキスだ。

顎《あご》を摑《つか》まれ開いた唇から熱い舌が入ってきて口腔《こうこう》内をまさぐり、怯《おび》える優真の舌を探《さぐ》るとゆっくりと絡《から》んで引き寄せる。

まるで味わうようなその動きに、優真のほうが甘さを感じてしまっていて……。

「んぅ……っ……」

はじめての大人のキスに身体の力がとろけるように抜《ぬ》けていく。

(お酒……の臭《にお》い)

吹《ふ》き込まれる熱い息にアルコール臭《しゅう》を感じる。

その瞬間《しゅんかん》、優真はこの状況《じょうきょう》を理解したと思った。

(そうか、翔惟さん下戸だって言ってたし、酔《よ》っちゃったのかも……)

翔惟は大人だからと、ブランデーを多めに入れてしまった。

そのせいでかなり酔ってしまったのかもしれない。

それに、頬《ほお》を撫《な》でる指先が妙《みょう》に熱いから、夜になって熱がぶり返した可能性もある。

酒の酔いと熱とで朦朧《もうろう》としているところに添《そ》い寝《ね》されたせいで、過去に関係のあった誰かと勘違《かんちが》いしたのかもしれない。

「……久しぶりだ」

ゆっくり離れた翔惟の唇から、まるで自分の考えを裏付けるかのような台詞が零れてきて、やっぱりなと優真はちょっと悲しくなった。

(でなきゃ、僕なんかに翔惟さんがキスするわけないし……。でも、いいや)

こんな偶然《ぐうぜん》が重ならなければ、翔惟とキスすることなんて一生なかっただろうから……。

「ああ、柔《やわ》らかいな」

頬にキスしながら、翔惟がかすれた声で独り言のように呟《つぶや》く。

愛《いと》おしげに頬ずりされて、そのくすぐったさに思わず首を竦《すく》めそうになったが、優真はすんでのところでぐっとこらえた。

(起こさないように、なるべくじっとしてなきゃ)

この状況で正気に戻《もど》ったら、正気でなかったとはいえ甥《おい》っ子にふらちな真似《まね》をしてしまったことで翔惟はショックを受けるに違いない。

お酒を飲ませてしまったり、勝手に添い寝してしまったのは自分だから気にしないでと優真が言っても、きっと翔惟のショックは和《やわ》らぎはしない。

責任を感じて落ち込んだりしないよう、翔惟には朦朧としたままでいてもらうのが一番いい。

せっかくのはじめてのキスを悪い思い出にしない為《ため》にも……。

(翔惟さんの唇、少し痛い)

この状況を少し把握《はあく》したせいか、最初の混乱は少し収まっていた。

そのせいか、再び口づけてきた翔惟の唇が熱のせいで荒《あ》れているのも感じられるようになって、本当にキスしているんだという実感も湧《わ》いてくる。

恋愛《れんあい》感情をはっきり意識して以来、緊張《きんちょう》してしまって視線を合わせることすらなかなかできなくなってしまった翔惟と、こうしてキスしているなんて、なんだか凄《すご》く不思議だった。

翔惟と楽しく会話したり一緒《いっしょ》に遊んだりする空想なら何度もしたけど、恋人《こいびと》同士になったところは一度も空想したことがない。

空想した後で現実に戻ったとき、叶《かな》わない恋《こい》なのにと虚《むな》しい気持ちになるのが嫌《いや》だったから故意に避《さ》けていたのだ。

だから、今のこの現実は、優真にとってあまりにも突拍子《とっぴょうし》がなさすぎた。

まるで、眠《ねむ》っているときに見る夢のように……。

(夢か……。うん、僕も夢でいいな)

これは、翔惟が正気に戻ったら消えてしまう夢。

優真がひとりで勝手に見た、泡沫《ほうまつ》のような儚《はかな》い夢だ。

まっとうに告白したところで、自分の想《おも》いが受け入れられる可能性は万にひとつもない。

この機会を逃《のが》したら、こんな風にキスしてもらえることもないだろう。

だから優真は目を閉じて、与《あた》えられる大人のキスを素直《すなお》に味わった。

でも、はじめての大人のキスは優真にはちょっと刺激《しげき》が強すぎたようで、あまりの甘さと濃《こ》さに頭がぼうっとしてきて、力の抜けた身体はふわふわしてくる。

やがて唇《くちびる》を離した翔惟は、ちゅっと音をたてて額にもキスをしてくれた。

(これで終わり?)

ちょっと物足りない気がしてうっすらと目を開けると、驚《おどろ》くほど近くに翔惟の顔があった。

びっくりした優真は、条件反射的に真っ赤になって慌てて顔をそらし横を向いた。

(部屋の明かり、暗くしててよかった)

明るいままだったら顔もはっきり見えているだろうから、さすがに正気に戻ったかもしれない。

ほっとしていると、今度は耳元の柔らかなところに翔惟の唇が軽く触れる。

「んっ」

昔から耳のところが弱い優真は、微《かす》かに触れた唇と吹きかけられた熱い息がくすぐったくて我慢《がまん》しきれず首を竦めた。

その反応に引き寄せられたかのようにまた翔惟の唇がそこに触れて、今度はきつく吸われる。

「……っ……」

その途端《とたん》、肌《はだ》の上にチリッとした軽い痛みとくすぐったさとが混じり合った奇妙《きみよう》な感覚が生まれた。

吸われたところを舌で舐《な》められると、今度はそこから妙に甘い痺《しび》れがじわっと身体に浸透《しんとう》していくようで……。

（……どうしよう。なんか、うずうずする）

朦朧としている翔惟をはっきり覚醒《かくせい》させない為にも、あまり身動きしないようにしたいのに、甘く痺れる感覚に驚いた身体がビクッと勝手に動く。

少しでも身体の動きを抑《おさ》えられればと、優真はシーツをぎゅっと握《にぎ》りしめた。

服の下から直接手が滑《すべ》り込んできて、腹から胸へと大きな手の平で肌に直接触《ふ》れられる。

「んあっ」

その指先に、キスだけで反応して硬《かた》くなっていた乳首《ちくび》を引っかけられ、その甘い刺激に身体がビクッと震《ふる》え、思わず唇から変な声が漏《も》れた。

（やだ。どうしよう）

乳首に触れられただけで感じてしまう自分に、優真は驚いた。

とりあえず声を出さないようにしなきゃと両手で口を押さえたが、ぷっくり膨《ふく》らんでいた乳首を指先でもう一度弾《はじ》かれると、身体《からだ》がビクッと震えてしまう。

（だめ……動いちゃ……じっとしてないと……）

我慢しようとしていても、指先で乳首をきゅっと摘《つま》まれただけで「やあぁ」と変な声が出てしまって身体が勝手に跳《は》ねる。

「ここ、感じるのか？」

「あっ……ふ……ん……」

舌先でねっとり嬲《なぶ》られ、両手で押さえた唇から声が漏れた。

「可愛《かわい》いな。……こっちはどうだ？」

乳首同様、キスだけで反応して熱くなっていた自分自身を服の上から優《やさ》しく揉《も》み込まれると、もう駄目《だめ》だった。

「やっ……だ。……そんなにしたら出ちゃう」

恥《は》ずかしいから駄目、と翔惟の手をどかそうとしたが、はじめての他人の愛撫《あいぶ》に翻弄《ほんろう》されている優真の手に力は入らず、ただ翔惟の手に手を添えているも同然になる。

前を緩《ゆる》められ、すでに昂《たか》ぶっていたそれを直接擦《こす》り上げられる。

「あっ……あっああ……やっ……あっ……」

無垢《むく》でなんの準備も覚悟《かくご》もなかった身体は、一気に熱くなっていく。

急激に鼓動《こどう》が跳ね上がり、全身を熱い血が駆《か》けめぐる。

どくどくと脈打つ自分の血流が、まるで耳鳴りのように聞こえてきて……。

(も……わけ……わかんない)

声を出さないようにしなきゃとか、翔惟を刺激しないように動かないようにしなきゃとか、そんなことを考える余裕《よゆう》はもうどこにもない。

(これ、夢だし……もう……いいよね)

強烈《きょうれつ》な快感と、それに勝《まさ》るふわふわした幸福感。

大好きな人の手の平や指先の感触《かんしょく》、その体温や重み、そして汗《あせ》の臭《にお》い。

空想の中では決して知ることができなかったそれらすべてのものに、優真は完全に酔《よ》ってしまっていた。

もう、なにも考えられないほどに……。

「翔惟さん……っ……翔惟さん、もっと……」

身体が熱い。

甘く痺れてうずうずして、じっとしていられない。

わけがわからないまま何度も翔惟の名前を呼んで、同じように熱くなっている翔惟の身体にしがみつく。

熱くて、甘くて、同時になぜだか胸が締《し》めつけられるように苦しくて……。

(夢なのに……変なの)

夢でぐらい、なんの不安も感じずに幸福なままでいればいいのに……。

熱に浮《う》かされたように朦朧とする頭の隅《すみ》で、優真はそんな自分をおかしく思った。

☆

翔惟は夢を見ているのだと思っていた。

「翔惟さん……っ……翔惟さん、もっと……」

だから、夢中になってしがみついてくる華奢《きゃしゃ》な身体をためらいもなく抱《だ》き締め返した。

眺《なが》めるだけで触れることができずにいた白い首筋に顔を埋《うず》め、想像することさえタブーとしていた華奢な身体のラインを楽しみ、その肌の甘い香《かお》りを吸い込む。

(優真の夢なんて、本当に久しぶりだ。けっこう一緒にいたせいか……)

翔惟がはじめて優真の夢を見たのは、優真がまだ中学生だった頃《ころ》のこと。

その日、姉の見舞《みま》いに訪《おとず》れた病院で、手書きの原稿《げんこう》をデータ化してもらう為に原稿を手渡《てわた》そうとした翔惟の手が優真の手に微かに触れた。

その途端、なぜか急におどおどと頬《ほお》を赤くした優真を目にして、翔惟は可愛いと思った。

そのせいだろうか、その夜の夢に優真が出てきたのだ。

夢の中、優真は頬を染めたまま、まっすぐに翔惟に向かって駆け寄《よ》ってくる。

どうした？　と屈《かが》み込んで顔を覗《のぞ》き込むと、背伸《せの》びした優真がちゅっと可愛らしく翔惟の頬へとキスをひとつ。

その瞬間《しゅんかん》、まるで優真の頬の熱さが移ったかのように、翔惟の胸がふわっと温かくなる。

そんな、実にたわいのない可愛らしい夢だ。

その頃の翔惟は、望みがないと最初からわかっている恋に、ずっと長く取り憑《つ》かれていた。

二十代の頃は、そんな虚しい恋を続けるのが嫌で、他《ほか》の誰《だれ》かに目を向けようと努力もしてみたがすべて無駄《むだ》な抵抗《ていこう》に終わった。

当初の熱は完全に冷め、もはや化石のように冷えて色を無くした虚しいだけの恋は、まるで呪《のろ》いのようにさえ感じられるようになっていた。

そんな状態だったから、夢とはいえ確かに感じた温《ぬく》もりは、冷え切っていた翔惟の心に変化をもたらした。

化石のように熱も色も無くした古びた恋《こい》がその温もりに押しやられ、それがあった場所に優真がくれた温もりがそっくりそのまま綺麗《きれい》に収まってしまうほどに……。

そして優真は、翔惟にとって誰よりも大切な子になった。

だが、優真は同性で、しかも甥《おい》っ子だ。

妙《みょう》なちょっかいをかけることなどできないし、手に入れることなど不可能だとわかっている。

しかも本人はあの通り極端《きょくたん》に内気で臆病《おくびょう》だから、たとえふざけてだとしても、現実であんな風にキスしてくれることなど決してないだろう。

だから翔惟は、化石になってしまった古い恋の二の舞《まい》にならぬよう、優真を誰よりも大切だと思うこの気持ちに名前をつけることなく、叔父《おじ》としての立場で接し続けようと心に誓《ちか》った。

それ以来、夢も見なくなっていたのだが……。

(人間なんて弱いもんだな)

夢の中、「もっと……」と優真に甘く囁《ささや》かれた途端、そんな誓いなんてどこかにふっとんだ。

翔惟の視界の中、優真は自分が発した言葉をまるで恥ずかしがるかのように、ぽうっと頬を染めて目を伏《ふ》せる。

赤みを帯びた目元、その伏し目がちな目は壮絶《そうぜつ》なほどに艶《つや》っぽい。

その無意識の誘惑《ゆうわく》に、翔惟は抗《あらが》えなかった。

夢とはいえ、こんなことをしてしまっては、明日から純粋《じゅんすい》な目で優真を見られなくなると理性はストップをかける。

だが、翔惟の指先の動きに素直《すなお》に反応して身体を震わせ、小さな可愛《かわい》い声を出す優真に誘惑されるまま、もう少しだけ……とずるずる行為《こうい》を進めてしまっていた。

「あっ……や、ああ……翔惟さんっ！」

「……っ」

正気に返ったのは、従順すぎる身体をこじ開け、その狭《せま》さと熱さに思わず自らも呻《うめ》いてしまったその瞬間だった。

(そ……んな……)

だが、もう手遅《ておく》れだ。

眺めることしかできずにいた愛《いと》しい子はすでにこの腕《うで》の中、もはや引き返せる状況《じょうきょう》じゃない。

しかもどうしたわけか、驚《おどろ》きのあまり軽く身を離《はな》した翔惟を引き戻《もど》そうとしてか、優真が震える細い腕で必死になってしがみついてくる。

「いやだ……離れないで……」

涙声《なみだごえ》で訴《うった》えてくる優真の声。

引き戻そうとする弱々しすぎるその力に、翔惟は抗える気がしなかった。

（……もう、どうでもいい）

今この瞬間、この子をこの腕に抱《いだ》けるのなら、もうなにがどうなろうと構わない。

翔惟は目の前のこの誘惑に引き寄せられるまま、深く口づけ、更《さら》に深く身を沈《しず》めていく。

「ふっ……ん……ん……」

優真は少し辛《つら》そうに眉根《まゆね》を寄せた。

それでも、合わさった唇《くちびる》から零《こぼ》れる声は甘く、その華奢な腕はもっと来てと言わんばかりに翔惟に強く絡《から》みついてくる。

その細い指は、背中にくい込むと微《かす》かな爪痕《つめあと》を残した。

「……っ……」

その甘いだけの微かな刺激《しげき》が、翔惟の理性や良識を一気にすべてふっとばした。

後はもう熱い衝動《しょうどう》に駆られるまま、愛おしい白く華奢な身体を抱き締め、味わうのみ。

耳元で甘く囁かれる可愛い声の誘惑が途絶《とだ》えるまで、もう翔惟の正気が戻ることはなかった。

夢だと思ったから手を出した。

現実だと最初からわかっていたら、絶対にこんな先走った真似《まね》はしなかったのに……。

(どうしてこんなことになったんだ?)

くったりして眠《ねむ》りに落ちた優真の髪《かみ》を撫《な》でながら、翔惟はひとり困惑《こんわく》していた。

なぜ優真が自分のベッドに潜《もぐ》り込んでいたのか、そしてどうして一切《いっさい》抵抗する様子を見せなかったのか……。

そんな疑問ばかりが頭の中をぐるぐると回る。

自分に都合よく解釈《かいしゃく》すれば、優真自身にその気があったからこそベッドに潜り込んできて、抵抗することなくすんなり受け入れてくれたってことになるのだが……。

(いま起こすのは、さすがに可哀想《かわいそう》か)

優真は熟睡《じゅくすい》しているようで、髪を梳《す》いてもピクリとも反応せず微かな寝息《ねいき》を零すばかり。

その口元に幸せそうな甘い笑《え》みが浮かんでいるように思えるのは、やっぱり自分に都合がいい解釈にすぎるだろうか?

(明日聞こう)

順番を少々間違《まちが》えてしまったが、修正はまだ可能だろう。

都合がいいことに、いつも賑《にぎ》やかな和真がいないから、ふたりだけで向かい合ってゆっくり話をすることもできる。

名づけることなくずっと温めて続けてきた想《おも》いに、はじめて恋という名を与《あた》えた夜。

翔惟は笑みが浮かんだ唇で、思いがけず腕の中に飛び込んできてくれた誰よりも愛しい子の頬にキスをする。

明日の朝、優真がこの腕の中で目覚めることを楽しみに思いながら……。


——だが、翌朝、翔惟が目覚めたとき。

「おはようございます。今日はとってもいい天気ですよ」

優真はとっくに起きていて、すでに着替《きが》えていた。

しかも、翔惟が話しかける暇《ひま》も与えずに、熱が下がったのなら着替える前に汗《あせ》を流してさっぱりしてきたらどうですかとバスルームに追い立てようとする。

まあいいかと言われるままにシャワーを浴びてから戻ると、部屋が綺麗に掃除《そうじ》されていて昨夜の痕跡《こんせき》が完全に消されていた。

なにか変だと首を捻《ひね》りつつキッチンへ行った翔惟に、「昨夜はごめんなさい」とテーブルに朝食を並べながら優真が謝ってきた。

「なにが？」と、まだ本調子じゃない、かすれた声で翔惟は聞き返す。

「下戸の翔惟さんにブランデー飲ませちゃったから。やっぱり、多すぎたみたいでしたね」

ＤＶＤを見ている途中《とちゅう》で翔惟が眠っているのに気づき、全然起きる気配がなかったから勝手にオーディオ関係の電源を落として自分の部屋に戻ったんだと、優真が言う。

その口調は、おどおどしている普段《ふだん》とはまるで違《ちが》っていて、実に滑《なめ》らかで淀《よど》みがない。

明らかに、あらかじめ練習したとわかるものだった。

（……なんで嘘《うそ》をつくんだ？）

翔惟は、食事の支度《したく》を終えてテーブルにつく優真を困惑して眺めていた。

本人はいつもと同じように振《ふ》る舞《ま》っているつもりなのかもしれないが、ぴりぴりと緊張《きんちょう》しているのが丸わかりだ。

普段はちらちらとこちらの様子を窺《うかが》うような視線を向けてくる癖《くせ》に、今日に限って全然視線を向けてこない。

優真は、故意にこちらから視線を外しているのだ。

この態度から推測して、出る答えはただひとつ。

（昨夜のことを、なかったことにしたがってるのか）

早々に部屋を掃除して昨夜の痕跡を消したのはその為《ため》だったのかもしれない。

あれは寝《ね》ぼけた自分が勝手に同意だと思い込んだだけで、優真にとっては暴力だったのか？

それとも、いざ抱《だ》かれてみて、自分が思っていたのと違うと後悔《こうかい》したのだろうか？

優真がそうしたいのなら、残念だがなかったことにしてやるしかないだろうとは思う。

だが、変化してしまった翔惟自身の気持ちはもう元には戻らない。

誰《だれ》よりも大切な子は、誰よりも愛しい子へと変わってしまった。

(また不毛な恋をひとりで延々と抱き続けるのか……)

それも悪くないか……、と翔惟は自嘲《じちょう》気味に微笑《ほほえ》んだ。

もう慣れているから、今さらだ。

だが、このままなにもなかったことにはできない。

あれが自分の勝手な思い込みによる暴力だったら、少しでも優真の傷が少なくて済むよう、きっちり謝罪してフォローする必要があるだろう。

そうではなく、ただ優真が昨夜の自分の行為を後悔しているだけならば、あれはただの事故みたいなものだから、お互《たが》いに忘れることにしようと確認《かくにん》しあうことで安心させてあげたい。

互いの真意がわからないままの状態で、ずるずると腹の探《さぐ》り合いを続けるようなことになったら、疲弊《ひへい》するのは間違いなく気弱な優真のほうだ。

その証拠《しょうこ》に、今だって優真は、翔惟がなにを言い出すかとビクビクしているし……。

(間違いなく、はじめてだったよな)

ぎこちなく応じたキスと、なにをどうしたらいいのかわからないとばかりに、ただただ無我夢中でしがみついてきた華奢《きゃしゃ》な腕。

はじめての経験が心にしこりを残すような結果になってしまっては、優真の今後の人生に悪い影響《えいきょう》を与えるのは間違いない。

だからこそ、このままなし崩《くず》し的に昨夜の出来事を流してしまうわけにはいかない。

覚悟《かくご》を決めて翔惟が口を開きかけたとき、

「たっだいまーっ!!」と、超《ちょう》元気な和真の声が玄関《げんかん》から響《ひび》いて邪魔《じゃま》をした。

(……なんてタイミングだ)

翔惟は思わず、小さく舌打ちしていた。

「優ちゃんと一緒《いっしょ》じゃないとつまんないから帰って来ちゃった!」

「おっ邪魔しま〜す! ケーキ持参で可愛《かわい》い甥《おい》っ子の顔を見にきたわよ!」

次いで聞こえてきたのは、優真達の父方の叔母《おば》、梨華の声。

「あら、のんびりブレックファースト? 美味《おい》しそうね」

「フレンチトーストだ! 優ちゃん、俺も食べたい! ハチミツじゃなくメープルで!」

バタバタと勢いよくキッチンになだれ込んできた生来脳天気なふたり組は、キッチンに流れる微妙《びみょう》な空気にまったく気づかず、テンションも高くはしゃいでいる。

「わかった。まだ材料あるから、今から作るね」

優真は、場の空気が変わったことに露骨《ろこつ》にほっとしたような顔で立ち上がった。

「頑丈《がんじょう》だけがあんたの取り柄《え》だと思ってたのに風邪《かぜ》引いたんだって? 具合はどうよ」

「もう大丈夫《だいじょうぶ》だ」

「でも翔惟さん、まだ声がちょっと変だよ」

「さすがに喉《のど》が完全に治るまでは二〜三日かかるさ。でももう熱は完全に下がってる。優真が看病してくれたお陰《かげ》でね」

梨華と和真が続けざまに話しかけてくるのに答えながら、翔惟は酷《ひど》くがっかりしていた。

（こいつらがいたんじゃ、今日はゆっくり話す時間が取れなさそうだ）

時間が経《た》てば経つほど、話を切り出すタイミングが難しくなるのだが……。

そんな翔惟の気持ちも知らず、脳天気なふたり組は昨日買ったという服を、キッチンとは続き部屋になっているリビングのソファに広げはじめる。

優真の分も服を買ってきたから、後で着てみせてと大騒《おおさわ》ぎ。

（せめて、一時間あとに来てくれればよかったのに……）

なんて間の悪い奴《やっ》らだと翔惟は苦々しく思う。

（なし崩しは、やはりまずいと思うんだがな）

だがきっと、優真にとっては最高のタイミングだったのだろう。

それを思うと、翔惟はなんとももの悲しい気分になった。

3

学校の休み時間、優真はふうっと深く息を吐《は》いた。

（……熱い）

吐いたその息が妙《みょう》に熱いような気がして、胸に手を当ててみる。

土曜の夜、妙な偶然《ぐうぜん》が重なった結果、翔惟とあんなことになってしまった。

優真からすれば、あれはまるで夢のように幸せな時間だったから後悔なんてまったくない。

でも、翔惟はどうなんだろう？

夢の中、翔惟はいったい誰《だれ》を抱《だ》いたつもりでいたのだろうか？

（やっぱり、途中で起こすべきだったのかなぁ）

翔惟が寝ぼけているのをいいことにあのまま抱かれてしまったけど、よくよく考えてみると、それって故意に翔惟を騙《だま》したってことになるのではないかと気にかかる。

でも、あのとき起こしたりしていたら、腕《うで》の中にいるのが甥っ子だと知った翔惟がショックを受けていたのも確実で……。

（それは駄目《だめ》！）

（あれでよかったのかなぁ）

自分のせいで翔惟が悩《なや》んだりするのは絶対に嫌《いや》だ。

だから、あれでよかったのだ。

このまま、幸せな夢を見たことにすべきだってわかっているつもりなのに……。

(なんか、落ち着かない)

なんだか胸が妙に熱くて、もやもやする。

「具合でも悪いのか？」

熱い息をもう一度深く吐いていると、拓人に声をかけられた。

優真が顔を上げると、「なんだ。違《ちが》うみたいだな」と安心した顔をする。

「赤い顔してどうした？　また妙な妄想《もうそう》でもしてるのか？」

「失礼な。そんなんじゃないよ」

「だったらなんだ？　まさか、意中の人に告白されたんじゃないよな」

「されるわけないよ。……でも、キスはされちゃった」

「告白されてないのに？——それは、いったいどういう状況《じょうきょう》だ」

近くの椅子《いす》を引っ張ってきて、話を聞かせろと拓人がずいっと身を乗り出してくる。

その酷く心配そうな顔に、優真は仕方なく声をひそめて週末の成りゆきを話した。

最後までやっちゃったことは言わずに、キスだけってことにしておこうと思っていたのに、

「据《す》え膳《ぜん》状態でキスだけ？　随分淡泊《ずいぶんたんぱく》だな。まさかED？　だとすると、イケメンの著名人の癖に恋人《こいびと》がずっといなかった理由も説明がつくか」と、翔惟の名誉《めいよ》に関する誤解が生じそうに

なってしまって、そんなことないよと慌《あわ》てた優真はついつい全部話してしまう。

その途端《とたん》、拓人は凜々《りり》しい眉《まゆ》をきっと上げた。

「そこまでやっといて告白なし？　おまえ、セフレにでもなるつもりか？」

それは絶対に許さない！　と凄《すご》まれ、優真は慌てて首を横に振《ふ》る。

「そんなつもりは全然ないよ。っていうか、全部なかったことにしちゃったし」

「なんだそれは。意味がわからない」

「だからね、全部夢だったことにしたんだよ」

翔惟は熱もあったようだし酒にも酔《よ》っていた。

夢うつつ状態でなければ、決して甥っ子相手に手を出したりなどしなかったはずだ。

だから夢のままで終わらせるつもりなんだと優真は拓人に説明した。

「あれが現実の出来事だってわかったら、きっと翔惟さんすっごく悩むだろうし……」

「おまえはそれでいいのか？」

「うん。……僕にとっても、あれは夢みたいな出来事だったし……」

幸せな、本当に幸せな夢。

あんな風に妙な偶然が重ならなければ、絶対に現実では起こりえないことだ。

だから、夢のままでいい。

「翔惟さんには悪いけど、ちょっと得した気分かも」

ふふっと小さく笑ったら、拓人に「キモいっ」と断言された。

「自己陶酔《とうすい》の極《きわ》みだな」

「……そ、そう？」

「そうだ。――俺が思うに、叔父《おじ》さんは夢だとは思ってないはずだ。漫画《まんが》じゃあるまいし、絶対に途中《とちゅう》で正気に返ってるって」

「それはないよ。現実だってわかってたら、絶対に最後までしなかっただろうし」

無責任な真似《まね》ができるような人じゃないから、甥《おい》っ子に手を出してしまったことに気づいた段階で止めたはずだ。

優真がそう力説すると、「美化しすぎだ。生身の男だぞ。途中で止まるもんか」と拓人は呆《あき》れたように肩《かた》を竦《すく》めていた。


（――美化なんてしてないと思うけど）

雨が間近に迫《せま》っているのかもしれない。湿度《しつど》が高く重い空気をかき分けるように、夜の街でひとり自転車を漕《こ》ぎながら、優真は拓人との会話をぐるぐると反芻《はんすう》していた。

翔惟は親切で優《やさ》しい。

そして甥っ子である自分達兄弟をとても大切にしてくれている。

だからこそ、あれが現実だとわかっていたら、その瞬間《しゅんかん》に手を止めたはずだと思うのだ。

はじめての刺激《しげき》的すぎる体験に翻弄《ほんろう》されて、優真自身は途中でわけがわからなくなってしまったけど、優真の身体《からだ》にはちゃんと最後まで抱かれた名残《なごり》が残っている。

お互《たが》いになんの同意もないまま進められた行為《こうい》だ。

その途中で正気に返って、自分が抱いているのが甥っ子だと気づいてしまったら、あの翔惟が最後まで続けられるわけがない。

恋愛《れんあい》感情が伴《ともな》っているなら、事情は違うのだろうが……。

(それはないしなぁ)

翔惟は、あの夜のことを首尾《しゅび》よく夢だと思ってくれているようで、その態度に変わったところはまったく見られない。

でも、優真はいつもと同じとはいかなかった。

抱かれた名残で、ほんの僅《わず》かだがまだ痛みが身体に残っているせいか、翔惟が視界に入る度《たび》にいちいち夢のような一夜のことを思い出して、おろおろと挙動不審《ふしん》になってしまう。

だから仕方なく、ちょっと調子悪いから今日は早く寝《ね》るねとさっさと自室に籠《こ》もってみたのだが、まだ興奮しているせいか全然眠《ねむ》くならなくて、すっかり時間を持て余してしまった。

それでこうして、こっそり家を抜《ぬ》け出して夜の街をひとり自転車を漕いでいるところだ。

二十分弱で目的地であるバイト予定の居酒屋についた優真は、店の脇《わき》の細い路地を通り、裏口のすぐ脇にある自転車置き場に自転車を停《と》めた。

「こんばんは～」

予定とは違う日に勝手に来てしまったのが気にかかり、おそるおそる裏口から厨房《ちゅうぼう》へ入る。

「おや、優真くんじゃないか。急にどうしたね」

気さくに声をかけてくれたのは、この居酒屋の料理人である村田《むらた》だ。

ちなみに、彼は優真達の母親の親友である宏美の夫で、やっぱり昔からの知り合いだから、優真でも比較的《ひかくてき》気楽に話ができる相手だった。

「ちょっと時間が余っちゃって……。なにかお手伝いできることありませんか？」

「あるよ。次のフェアのハガキの宛名《あてな》書きやってもらえると助かるな」

「了解《りょうかい》です。お客さんの住所とかって、パソコンで管理とかしてないんですか？　プリンターなら手書きよりずっと楽ですよ」

「いや、どうもそっち系は夫婦《ふうふ》して苦手でさ」

「僕でよかったら、リストとか作りますけど」

そういう作業得意なんです、などとひとしきりパソコン上での顧客管理《こきゃくかんり》のことを村田と話していると、背後からポンッと腕を叩《たた》かれた。

宏美かと思って振り向いた先には、なんと、ここにいるはずのない和真の姿。

「か、和くん!?　なんでここにいるの？」

「優ちゃんって、ほんと鈍《にぶ》いよな。俺がず～っと跡《あと》つけてきてたの気づかなかった？」

夕食のときから様子が変だったのが気になって和真が優真の部屋を覗《のぞ》いたら、ちょうど優真が掃《は》き出し窓《まど》からこっそり抜け出した直後だったのだとか。それでここまで跡をつけ、店の正面から堂々と入って、店のほうにいた宏美に事情を聞いたのだと和真が言う。

「……宏美さんから、全部聞いちゃった？」

「聞いたよ！　ったく、父さんってば呑気《のんき》すぎ！　でもって優ちゃん、夜のバイトなんて駄目《だめ》だからな！　俺は絶対に認めないから！」

「ここでそんな大きな声出しちゃ駄目だよ。迷惑《めいわく》になるし……。和くん落ち着いて」

優真が怒《おこ》る和真を宥《なだ》めていると、宏美が声をかけてくる。

「そんなところで立ち話してないで、ふたりとも店のほうに座ってお話しなさいな。今日は月曜でお客も少ないし、なにか軽いもの出してあげるから」

「え、でも……」と遠慮《えんりょ》しようとした優真の声を遮《さえぎ》るように、和真が「お酒も出してくれる？」と、とんでもないことを言い出した。

「馬鹿《ばか》言わないの。駄目よ。高校生に出すお酒はないからね」

優真が遠慮する間もなく、ほら行った行った、とふたりは宏美に追い立てられた。

テーブルに着くと、細々《こまごま》とした小鉢《こばち》とほうじ茶が運ばれてくる。

「和真くん、優真くんを説得して帰ってね」

宏美の言葉に、「まかせて！」と和真が勢いよく答える。

「やっぱり駄目ですか？」

優真が聞くと、宏美は「夜はちょっとね」と苦笑《くしょう》しながら頷《うなず》いた。

「一、二時間でも雑用やってくれる人がいると助かることは助かるんだけどね。それでも、こっそり夜に家を抜け出してバイトするだなんて非常識な話に頷くわけにはいかないのよ」

それじゃごゆっくり、と宏美が厨房に戻《もど》っていく。

それを見送った後で、和真が唐突《とうとつ》に言った。

「優ちゃんの鈍さは父さん譲《ゆず》りだな」

「そ、そう？」

「うん。周りが気を遣ったり心配してくれてるのに気づかないとこなんか、すっごいそっくり」

弟の言葉がグサッと胸に刺《さ》さって、優真は言葉に詰《つ》まった。

「まあ、優ちゃんは父さんよりましだけど……。でも、ちょっと気を遣うところがずれてるよ。夜に抜け出してバイトなんかして、それで身体壊《こわ》したり、トラブルに巻き込まれたらどうする気だったのさ。それ見たことかって祖父《じい》ちゃん達が一気に押しかけてくるよ？　宏美さんにも迷惑かかるし。それに、俺が心配するって考えなかった？――母さんがいなくなったばかりなのに、これで優ちゃんにまでなにかあったら、俺、ほんとマジに立ちなおれないって」

「…………ごめん」

はっきり言われてみればその通り。

いちいち至極《しごく》ごもっともで、ぐうの音も出ない。

（これじゃどっちがお兄ちゃんなのかわかんないよ）

優真は素直《すなお》に反省して、しょんぼりうなだれた。

「こっそりバイトしようなんて、もう考えないよな？」

「……うん」

「父さんには俺からもメールしとくけど、入金が遅《おく》れたからって生活費を優ちゃんの貯金で払《はら》うのもなしだからな。翔惟さんだって、事情説明すれば絶対待ってくれるから」

「う〜ん、それはちょっと駄目かな」

「なんで？　祖父ちゃん達にばれるのを心配してるんなら、黙《だま》っててくれって翔惟さんに頼《たの》めば済む話だろ？　翔惟さんなら絶対内緒《ないしょ》にしてくれるって」

「それはそうだろうけど……。でも、万が一それがお祖父ちゃん達にばれたとき、翔惟さんまでお祖父ちゃん達に叱《しか》られることになりそうだから、やっぱり申し訳ないし」

「そうなっても翔惟さんは気にしないと思うけどな」

「僕は気になるんだよ」

「優ちゃんは気にしすぎ！」

「わかってるけど……でも駄目」

「も〜、なんでだよ〜」

　その後も和真はしつこく説得してきたが、優真は絶対に折れなかった。

「わかった。……とりあえず今日は、バイトを断念してくれただけでいいってことにする」

　結局最後には和真が根負けして、今日のところはおとなしく家に帰ることになった。

「あら、もう帰るの？　だったら、ちょっと待ってて。お土産《みやげ》にふたりの好物のわらび餅《もち》を用意するから。叔父さんの分も一緒《いっしょ》にタッパに詰めるから、明日中にみんなで食べてね」

「宏美さん、ありがと！」

黒蜜《くろみつ》多めに入れてね～などと、和真はさっそく注文をつけている。

優真は、和真の自転車が表の入り口脇に停めてあるのなら、この隙《すき》に自分の自転車も裏から表へと移動することにした。

自転車出してくるからと和真に言い置いて、調理場の村田に挨拶《あいさつ》して裏口から外へ出る。

店の脇の細い路地を抜けて表通りに出た途端《とたん》、通りすがった人に「おまえ、優真だろ？」と唐突に声をかけられた。

「えっと……、あの……どなたですか？」

そこには長身でやせぎすの、ちょっとゴツゴツした顔立ちの青年がいた。

流行《はや》りっぽい服を着ていても着こなしがだらしないのが、ちょっといただけない感じだ。

「なんだ、俺がわからねぇのか？　信《しん》だよ、平野《ひらの》信。ずっと前、同じマンションにいた」

「ああ、信くん！　久しぶりだね」

信は優真より一歳上で、小学校の頃《ころ》は頻繁《ひんぱん》に家を行き来して遊んだ仲だ。だが信が小学校を卒業する頃、郊外《こうがい》に家を買って一家で引っ越《こ》して行ったきり音沙汰《おとさた》がなかったのだが……。

「僕のこと、よくすぐにわかったね」

「そりゃ、その顔変わってねぇからな」

「あ、やっぱり？……だよね。子供の頃から、あんまり変わってないし」

良いんだか悪いんだかと、優真はちょっと微妙《びみょう》な心境になる。

「真面目《まじめ》な高校生がこんな時間にこんな場所でなにしてんだよ」

宏美の居酒屋は、いわゆる飲み屋街の中程《なかほど》にある。

信は薄笑《うすわら》いを浮《う》かべながら、酔《よ》っぱらいが行き交《か》う賑《にぎ》やかな通りを顎《あご》で指した。

「ここ、知り合いがやってる店なんだ。もう帰るところなんだよ」

「へえ。だったら車で送ってってやろうか？　自転車じゃ一時間以上かかるんじゃね？」

自転車は後で取りに来ればいいだろうと信が言う。

「ありがとう。でも大丈夫《だいじょうぶ》。今はここからけっこう近いところで暮らしてるから」

どこら辺だ？　と信に聞かれていると、居酒屋から紙袋《かみぶくろ》を手にした和真が出てきた。

「優ちゃん。その人、誰《だれ》？」

「信くんだよ。覚えてるだろ？」

「信って……平野さんちの？」

優真が頷くと、和真は露骨《ろこつ》に警戒心《けいかいしん》むき出しの顔になる。

（なんだ？）

和真だって一緒に遊んだはずなのに、どうしてこんな顔をするのか？

不思議に思っていると、信がずいっと前に出てきて和真の顔を覗き込んだ。

「へえ、和真は随分《ずいぶん》変わったたな。——なあ、ふたりとも、これから俺と一緒に遊びに行こうぜ」

「遊ぶ？　こんな時間に？」

優真が首を傾《かし》げると、信はちょっと小馬鹿《こばか》にした風に鼻で笑う。

「真面目な高校生はオネムの時間か。だったら、携帯《けいたい》アドレスだけでも教えとけよ」

「あ、うん」

言われるまま優真がポケットから携帯を出そうとすると、和真がその手を摑《つか》んで止めた。

「優ちゃん、教えちゃ駄目だ。——悪いけど俺達、あんたと遊びに行く気はないから」

早く帰ろうと珍《めずら》しく怖《こわ》い顔をした和真に急《せ》かされ、優真は仕方なく自転車に乗った。

「ごめん、信くん。元気でね」

別れ際《ぎわ》の挨拶に、信は「またな」と薄笑いで応《こた》える。

(なんか、随分《ずいぶん》雰囲気《ふんいき》変わったな)

ちょっと我が儘《まま》だったけど、人を小馬鹿にした物言いをするような子ではなかった。

一歳年上なのだから今は高校三年生のはずなのだが、あの感じだとどうも高校には通ってなさそうな雰囲気だし……。

引っ越した後でなにかあったのかも、なんて自転車を漕《こ》ぎながらつらつらと考えていると、車通りのない裏路地に入ったところで和真がすうっと隣《となり》に並んで話しかけてきた。

「優ちゃん、信のこと知らないのか？」

「なんのこと？」

「中学校あたりからおかしくなって少年院とか入ってたって話だよ。あいつに声かけられて、変な店に連れ込まれて金取られたり、クスリとか売りつけられそうになった奴《やつ》もいるんだ」

「……それ、噂《うわさ》だよね？」

「事実だよ。被害《ひがい》にあった奴から直《ちょく》で聞いた。あいつには気を許すなって」

「そうだったんだ。だから和くん、珍しくあんな態度取ってたんだね」

いつもフレンドリーで明るい和真が、あんなに邪険《じゃけん》に振《ふ》る舞《ま》うなんて変だと思ったのだ。

「優ちゃん、今度あいつに会っても話するなよ」

「わかった。挨拶ぐらいで切り上げるようにする」

「挨拶も駄目《だめ》！　優ちゃん鈍臭《どんくさ》いから、すぐに騙《だま》されそうだし……。回れ右してダッシュで逃《に》げるぐらいのことはしたほうがいいよ」

「え～、でも、そんな露骨に逃げるなんてできないよ」

「できなくてもやれ！」

わかった？　と和真が強く念を押してくる。

「……努力はしてみる」

(どっちがお兄ちゃんなんだか……)

急激に大人びてきたのは顔立ちだけじゃなかったらしい。

(変わってないのは僕だけか)

甘えっ子だった弟の急激な成長ぶりに、優真は少しだけ寂《さみ》しさを感じた。


翌日も朝から曇《くも》り空だった。

天気予報では夜までは雨が降らないと言っていたのに、自転車での帰り道の途中《とちゅう》で雨がぱらついてきて優真はフルスピードで家に帰った。

なんとか雨には濡《ぬ》れずに済んだが、湿度《しつど》のせいで全身汗《あせ》だくだ。

軽くシャワーを浴びて私服に着替《きが》え、キッチンへ行くとまずホワイトボードを見る。

ホワイトボードには、今日の夕食は煮込《にこ》みハンバーグだから仕上げを頼むと、通いの家政婦である峰《みね》から優真への申し送り事項《じこう》が書かれてあった。

（和くんの好物だ）

きっと喜ぶぞとにっこりしていると、「おかえり」とすぐ後ろから翔惟の声がした。

この不意打ちに、優真はビクッとして飛び上がる。

「そんなに驚《おどろ》かなくても」

「あ、ご……めんなさい。翔惟さんは今、仕事の時間帯だと思ってたから」

回れ右をして翔惟に向き直った優真は、「ただいま帰りました」と改めて律儀《りちぎ》に挨拶する。

「うん、おかえり。——雨に降られた？」

シャワーで少し濡れた優真の髪《かみ》を見て、翔惟が言う。

「あ、いえ、ギリギリセーフです。これは汗をかいたからシャワーを使っただけです」

「そう、それならよかった」

「翔惟さんは飲み物を取りに？　僕、用意して部屋まで持っていきますけど」

「ああ、いや。そうじゃない。優真に話があるから出て来たんだ」

いいか？　と聞かれて、優真はついあからさまにおろおろしてしまった。

（な、なんだろう？）

真っ先に頭に浮かぶのは、土曜の夜のあの出来事。

あれ以来、翔惟は別に変わった様子もなかったし、夢だったってことでうまく誤魔化《ごまか》せたと思っていたのだが、もしかして違《ちが》ったのだろうか？

「あ、えっと……今ですか？」

「うん。なにか出掛《でか》けたい用事でもある？」

そう聞かれた途端、思わず、はい、と頷《うなず》きそうになる。

だが、今逃げたところでいつかは必ず聞かなきゃならないのだから無駄《むだ》なことだ。

露骨に逃げるような態度を取ってしまっては、逆に不審《ふしん》がられるだけだろうし……。

「と……くにないです。あ、でも、喉《のど》が渇《かわ》いてるんで、お話の前にお茶でも淹《い》れますね」

時間を稼《かせ》いで気持ちを静めようと、優真はケトルに少量の水を入れコンロにかける。

「あ、そうだ。わらび餅《もち》があったんだっけ」

「峰さんが買っておいてくれたのか？」

「いえ。……えっと、宏美さんってわかります？」

「もちろん。姉さんの親友だ。――彼女から？」

「はい。叔父《おじ》さんと三人で食べなさいって、昨夜……あっ」

まずい、と思ったときには手遅《ておく》れ。出てしまった声は戻《もど》ってこない。

優真は、昨夜持ち帰った容器を冷蔵庫から取り出そうとしていた手をピタッと止めた。

「昨夜？　昨夜は調子悪いから早く寝《ね》るとか言ってなかったか？」

「え、あの……昨夜じゃなかったか……も」

（ど、どうしよう）

ついうっかり迂闊《うかつ》なことを言ってしまった。

なんとかして誤魔化さなきゃと冷蔵庫を覗《のぞ》いたままの姿勢でフリーズしていると、「優真？」と妙《みょう》に近い場所から翔惟の声が聞こえてきた。

「え？　あっ！」

振り向いたすぐ先に、ちょっと怖い顔の翔惟が立っていて、優真はビクッと首を竦《すく》める。

「昨夜じゃなかったら、いつなんだ？　どうしてそんなにビクビクしてる？」

冷蔵庫を閉め、おそるおそる身体《からだ》ごと向き直ると、翔惟はずいっと顔を寄せてきた。

（ち、近いよ）

普段《ふだん》の翔惟は、こんなに優真に近づいては来ない。

人懐《ひとなつ》こい和真とはよくじゃれ合っているけれど、遠慮《えんりょ》がちな優真とはそれなりの距離《きょり》を保って接してくれていたのに、さっきから妙にその距離が近い。

（……どうしよう）

翔惟の怖い顔や声より、その距離の近さからくる慣れない圧迫感《あっぱくかん》にドキドキして混乱する。

「あ、あの……やっぱり、出掛けたの昨夜です」

混乱のあまり誤魔化す術《すべ》も思いつかず、素直《すなお》に白状しながらおどおどと泳ぐ目を床《ゆか》に向けた。

「どうしてこっそり出掛けた？　俺に内緒《ないしょ》で会わなきゃならないような奴が外にいるのか？」

「え、あ……あの……」

宏美と会ったことは翔惟には内緒にしたい。

でもここで、はい、います、と答えるのもなんか変な感じがする。

（いないって言ったら、翔惟さんに嘘《うそ》つくことになるし……）

嘘はつきたくない。でも、本当のことを話すとなると、芋《いも》づる式で父親の入金の件も話さなきゃならなくなるし……。

どうしよう、とぐるぐる悩《なや》んでいると、ちょうどお湯が沸《わ》いてケトルがピーッと鳴った。

「あ、お茶……お茶淹れますね」

そろそろと横に移動して翔惟の圧迫感から逃《のが》れ、急いでコンロの前に向かう。

（えっと……お茶だから、少しお湯を冷まさないと……）

湯冷まし取ってきて……いやその前にコンロを止めなきゃと、優真は混乱したままおろおろ。

そんなとき、いつの間にか歩み寄ってきた翔惟に「優真」とすぐ耳元で名前を呼ばれて、思わずビクッと身体を震《ふる》わせた。

「っ！——あつっ！」

その瞬間《しゅんかん》、無意識に動かした指先に熱さを感じて、またビクッとなる。

次に気づいたときには、翔惟に背後から抱《だ》きかかえられるようにして右手の先を水道の水で冷やされていた。

「痛むか？」

「……え？　あっ、ごめんなさい。平気です。ちょっと湯気にあたっただけだから」

「見せてみろ」

言われるまま流水から手を離《はな》し、肩口《かたぐち》から覗き込んでいる翔惟に右手人差し指を見せた。

「ああ、これなら大丈夫《だいじょうぶ》だな」

よかったと、呟《つぶや》いた翔惟の唇《くちびる》が、ごく自然な動きでその指先に軽く口づける。

（えええっ‼）

あまりにも驚きすぎて、ビクッとなるどころじゃなく、優真はピキッと固まってしまった。

（なにこれ？）

子供の頃《ころ》、怪我《けが》をすると母親がおまじないだと言って、絆創膏《ばんそうこう》の上からキスしてくれた。翔惟的にはそれと同じ感覚なのかもしれないが、優真には刺激《しげき》が強すぎる。

「っと。——脅《おど》かして悪かったな」

全身真っ赤になって硬直《こうちょく》している優真に気づいたのか、翔惟がそうっと離れていく。

「お茶は後にして、とりあえずこっちきて座れ」

「……………はい」

優真はギクシャクした動きで、のろのろとテーブルについた。

「さて、事情を聞こうか」

「……………はい」

誤魔化す知恵《ちえ》も働かず、逃げられそうにもない。

観念した優真は、実は……と、おそるおそる話しはじめた。

父親からの入金がないことから全部白状すると、翔惟は思いっきり眉間《みけん》に皺《しわ》を寄せた。

「それで、足りない分はバイトしようって考えたって？」

「あ、いえ……転ばぬ先の杖《つえ》っていうか、手持ちのお金を少し増やせないかなって考えて……」

なんてこった、と翔惟は深いため息。

呆《あき》れたのか、それとも苛立《いらだ》ったのか？

そうっと視線を上げると、予想に反して翔惟はなんだか妙に苦しそうな顔をしている。

「あの……翔惟さん？」

不安になった優真が声をかけると、翔惟はまたため息をつき、呟いた。

「俺には頼《たよ》れないか？」

「え？」

「宏美さんには頼れるのに……。俺は、そんなに頼りないか？」

これじゃ保護者失格だな、と翔惟が悲しげな顔をする。

「え、あ……違います！　僕、そんなつもりじゃなくて……」

大好きだから、翔惟に迷惑《めいわく》をかけたくなかった。

面倒《めんどう》事を引き受けてしまったと思われたくなかったから、なるべくトラブルは表に出さないようにして、全部自分でなんとかしようと思っていた。

まさか、そのことで翔惟がこんな顔をするなんて……。

——優ちゃんはちょっと気を遣うところがずれてるよ。

そんな昨夜の和真の説教が脳裏《のうり》をよぎる。

(これも間違《まちが》いだったんだ)

高校生の子供ふたりを引き取ることが容易《たやす》いことじゃないと承知した上で、翔惟は父親不在中の保護者役を引き受けてくれた。

それなのに、こんな風に他人を頼られてしまったら、保護者としての翔惟は立つ瀬《せ》がない。

(こんな悲しい顔をさせるつもりはなかったのに……)

自分のメンツが丸つぶれだと怒《おこ》ってくれたほうがまだましだった。

間違った方向で気を遣ったせいで、翔惟を傷つけてしまったことがたまらなく辛《つら》くて、優真はうなだれた。

(僕、ほんと鈍臭《どんくさ》い)

こうなってみてはじめて、自分が根本から間違っていたと気づくこの鈍《にぶ》さが心底情けない。

「ごめんなさい。僕、翔惟さんになるべく迷惑かけたくなかったから……」

「迷惑かけてくれていいんだ。おまえ達ふたりと一緒《いっしょ》に過ごす時間を作る為《ため》に、仕事だってセーブしてるんだから」

仕事をセーブしてる、という翔惟の言葉に、優真はまたまた大ダメージを受ける。

「……やっぱり、そうだったんだ……」

清書の仕事を手伝っているから、なんとなく仕事量が減っていることには気づいていた。それがどうしてなのか、怖《こわ》くて聞けずにいたけど……。

「迷惑かけてごめんなさい！」

優真はテーブルに額がぶつかりそうな勢いで頭を下げた。

顔を上げて翔惟の顔を見るのが怖くて、そのまま膝《ひざ》の上でぎゅっと握《にぎ》った拳《こぶし》に視線を落とす。

「ちょ、ちょっと待て。俺は迷惑なんかかけられてないぞ？」

「でも、僕達の為に仕事を減らしたんでしょう？　趣味《しゅみ》の旅行にも全然行ってないし……」

「いや、そうじゃない。それは誤解だ。来年あたりからテレビの仕事をセーブしようかと思ってたところに、おまえ達ふたりを引き取ることになって、ちょうどいいかと思ってその予定を早めただけで……。旅行だって行きたくなったら迷わず行くから心配するな」

「でも……」

(本当かな？)

気を遣ってそう言ってくれてるんじゃないだろうか？

仕事をセーブしている間に、この間のＤＶＤの新人脚本《きゃくほん》家みたいな人気者が次々に現れて、翔惟が占《し》めていた枠《わく》が奪《うば》い取られてしまうかもしれないのに……。

優真がぐずぐず悩んでいると、「嘘じゃない」と翔惟が断言する。

「ドラマでやりたかったことはとりあえず一通りやったから、次は映画の原作と脚本にチャレンジしてみようかって、知り合いのプロデューサーや出版社と検討中だったんだ。で、今はその原作を書いてるところで、それもまだまだ途中《とちゅう》すぎて清書する段階じゃないだけだ」

なんだったら実物の原稿用紙《げんこうようし》を持ってこようかと翔惟が言う。

優真は、そこまでしなくていいですと慌《あわ》てて首を横に振《ふ》った。

(ああ、もう。変な邪推《じゃすい》しちゃった)

なんでもかんでも後ろ向きに考えてしまう自分が、なんだか凄《すご》く恥《は》ずかしかった。

翔惟は、新しいステージにチャレンジする為のインターバル期間を取っていただけだったのに、自分達の為に仕事を減らしている間に、その仕事の枠を新人の人気脚本家に盗《と》られたらどうしようと勝手に心配していたなんて……。

これでは、脚本家としての翔惟の力を過小評価していたようなものだ。

自分の了見《りょうけん》の狭《せま》さが恥ずかしくて、優真はうなだれたまま真っ赤になった。

「心配させて悪かったよ」

「翔惟さんが謝ることないです」

翔惟がため息混じりに言った言葉に、優真はおそるおそる顔を上げた。

(あ、ちょっと笑ってる)

苦笑《くしょう》気味だが、さっきまでの悲しげな表情は消えている。

優真は少しだけほっとした。

「で、バイトの件だが」

「あ、それはもう止《や》めることにしました。宏美さんからも駄目《だめ》だって言われたし」

「そうか、よかった。——で、今まで何回夜中に抜《ぬ》け出したんだ?」

「え、あ……よ、四回です」

「四回も……。全然気づかなかったな」

「気づかれないよう、掃《は》き出し窓《まど》から裏庭に出て、こっそり出掛《でか》けてたから……」

「そうか、優真の部屋にはそれがあったか……。こんなことなら、和真の部屋と逆にしておけばよかったな。……脱走《だっそう》防止に鉄格子《てつごうし》でも嵌《は》めるか」

「鉄格子!」

物騒《ぶっそう》な単語に、優真はビクッとする。

「それだけは許してください。お願いします!」

大きな窓に鉄格子なんか嵌められたら、きっと閉塞感《へいそくかん》で息が詰《つ》まる。

もうしませんから、と優真は頭を下げた。

「冗談《じょうだん》だよ。だから、夜中に抜け出すなんて危ない真似《まね》はもう絶対にするなよ」

「はい」

素直《すなお》に頷《うなず》き、顔を上げると、翔惟と視線が合った。

(……あ)

会話が途切《とぎ》れる、一瞬《いっしゅん》の静寂《せいじゃく》。

俗《ぞく》に、「天使が通った」と言われる瞬間《しゅんかん》。

普段《ふだん》、翔惟と視線が合ったときにはなんだか気恥《きは》ずかしくてすぐにそらしてしまうのだが、どうしたわけかこのときはそれができなかった。

翔惟の視線に縛《しば》られてしまったかのように、まばたきすらできない。

(なんか……苦しい)

不意に訪《おとず》れた静寂が息苦しくて、優真は握った拳を胸に当てた。

「――なあ、優真」

そんな沈黙《ちんもく》がしばらく続いた後、翔惟が意を決したように口を開いた。

と、そのとき。

「たっだいまーっ！」

勢いよく玄関《げんかん》のドアを開け閉めして、和真が家の中に転がり込んでくる。

「もう、雨でびしょびしょだよ！」

バタバタバタッと自分の部屋に駆《か》け込む和真の足音を聞きながら、翔惟が微《かす》かに舌打ちしたような気がしたのは気のせいだろうか？

「優ちゃん、俺、夕飯の前に昨夜のわらび餅《もち》食べたい」

パパッと着替《きが》えた和真が、タオルで頭を拭《ふ》きながらキッチンに飛び込んできた。

「あれ？　ふたりしてなに神妙《しんみよう》な顔で向かい合ってんの？」

「その前に和真、わらび餅のことをどうしておまえも知ってるんだ？」

(あ、やばいっ)

叱《しか》られるのは自分だけにしようと、わざと和真が昨夜は一緒だったことを言わずにいたのだ。

優真はおろおろしながら、なんとか誤魔化《ごまか》さなきゃと言い訳を探した。

だが、それより先に、基本素直な和真が「そりゃ、宏美さんから受け取ったの俺だから」とぺろっとしゃべってしまう。

言った後で「あっ」と口を押さえたが、後の祭りだ。

「そうか、おまえも共犯か」

「……優ちゃん、ばれちゃったの？」

「うん、ごめん。——あの、翔惟さん、和真が抜け出したの、昨夜だけですから」

優真が昨夜のことを慌てて説明しながらおそるおそる表情を窺《うかが》うと、「優真はすぐに和真を庇《かば》うんだな」と翔惟は呆《あき》れたように苦笑した。

「昨夜は俺もかなり遅《おそ》くまで仕事をしていたが、和真まで抜け出したのは気づかなかったぞ」

和真と優真が使っている部屋は、翔惟の寝室兼《しんしつけん》仕事部屋より奥にある。だから、抜け出したら足音で気づくはずだと翔惟が言う。

「ちょい蒸《む》し暑かったけど、さすがにエアコンは自重して、風の通りがよくなるように窓と部屋のドアを開け放ってたんだ。誰《だれ》かが廊下《ろうか》を通ったら気づくはずなんだが」

「俺、廊下通ってないもん」

「じゃあ、どこから出たんだ？」

「自分の部屋の窓。すぐ下に脚立《きゃたつ》置いてあるから、それで」

「和くん、だったらスニーカーはどうやって用意したの？」

「部屋に置いてあったに決まってるだろ」

俺って準備いい、と脳天気に笑った和真は、優真と翔惟が怪訝《けげん》そうに自分を見つめているのに気づいて、「あっ」と口を押さえた。

でも、やっぱり後の祭りだ。

「和真、まさかおまえも、何度かこっそり抜け出してたのか？」

「えっと……まあ、たまに……」

「たまにって、どれぐらい？」

優真が聞くと、週に二、三回ぐらいかなと和真が言う。

その返事に優真が表情を曇《くも》らせると、和真は慌てて顔の前で手を振った。

「あ、でも俺、危ないことはしてないから！　移動だってタクシー使ってたし」

「タクシーって……。和くん、そんな余分なお小遣《こづか》い持ってたっけ？」

「支払《しはら》いは俺じゃないもん」

「じゃあ、誰だ」と、翔惟がずいっと身を乗り出す。

「え〜っと、あの……」

和真は、へへへっと笑って誤魔化そうとしたが、この期《ご》に及《およ》んで誤魔化せるはずもない。

「――梨華ちゃんだよ」

諦《あきら》めた和真が全部白状したところによると、梨華に誘《さそ》われるままこっそり抜け出して、彼女の夜遊びのお伴《とも》をしていたらしい。

クラブにキャバクラ、ホストクラブにゲイバーと、テレビでしか見たことのない大人達の遊び場に連れて行ってもらえて楽しかったと、あっけらかんとした調子で言う。

「でさ、梨華ちゃんの友達に、モデルにならないかって誘われちゃった」

「まさか、OKしてないだろうな？」

「してない。梨華ちゃんも、成長期が一段落ついてからのほうがよさそうだって言ってたし」

「安定しても、高校生のうちは駄目だぞ。祖父《じい》さん達にばれたら、大騒動《おおそうどう》になるからな」

あの女、本当にろくなことをしないと翔惟が呟《つぶや》く。

「酒は飲んでないだろうな？」

「飲んだよ。梨華ちゃんが言うには、俺ってけっこう酒に強いみたい」

これにはさすがに翔惟も切れたらしく、和真の頭にゴンッと拳《こぶし》を落とした。

うぎゃっと変な声を出す和真を見て、優真は自分まで痛くなったような錯覚《さっかく》を覚えて、思わず自分の頭を押さえてしまっていた。

(和くん、夜遊びしてたから、寝起《ねお》きが前より悪くなってたんだ)

今から思うと、朝に部屋へ行くと窓が開いていたり、不自然に空調がつけてある日もあった。あれはアルコールの臭《にお》いを飛ばす為《ため》だったのかもしれない。

(僕って、ほんと鈍《にぶ》いな)

弟の変化の原因を見抜《みぬ》けないなんて……。

しょんぼりしていると、ため息混じりで和真を眺《なが》めていた翔惟の視線がこっちに向いた。

「優真は誘いを断ったんだな」

偉《えら》いぞ、と誉《ほ》められて、優真はきょとんとする。

「僕は誘われてませんけど」

「優ちゃんが夜遊びＯＫするわけないじゃん。梨華ちゃんだって、そこら辺はわかってるよ」

兄弟ふたりの言葉に、翔惟が怪訝そうな顔をした。

（翔惟さん、気にしてくれてるんだ）

和真だけが梨華に誘われたことを……。

「あの……僕、そういうの気にならないから平気です」

優真はなんだかちょっと嬉《うれ》しくなって微笑《ほほえ》んだ。

まるっきりなにも感じないと言えば嘘《うそ》になる。

それでも、その手の誘いが自分には向いていないってわかってるし、逆にそんなの駄目《だめ》だと止めて場を白けさせるだけなのもわかってるので、誘われないのもしょうがないと思える。

兄弟ふたりにとっては当たり前のことなのだが、翔惟はやっぱり腑《ふ》に落ちない顔をしていた。

「まあいい。とりあえずこの件は、後で梨華にもしっかり注意しておく。――いいか和真、もう二度と飲みになんか行くなよ」

「はいっ！　了解《りょうかい》しました！――これで説教終わり？　優ちゃん、わらび餅！」

「あ……うん」

いいのかな？　と翔惟の顔色を窺うと、翔惟はあっけらかんと気持ちを切り替《か》えた和真を見て、「おまえは大物になるよ」と苦笑《くしょう》している。

(大丈夫《だいじょうぶ》そうだ)

ほっとした優真は立ち上がり、もう一度お湯を沸《わ》かしてお茶の準備をはじめた。

「翔惟さん、優ちゃんから、父さんのことは聞いた？」

「入金がないってことなら聞いたよ」

「少しぐらい遅《おく》れてても待っててくれるよな？」

「大丈夫だ。おまえらふたりぐらい余裕《よゆう》で養えるし、祖父さん達に告げ口もしないから」

「さっすが、頼《たよ》りになる〜。——優ちゃん、だから大丈夫だって言っただろ？」

「そうだね」

お茶の準備をしながらふたりの会話を聞いていた優真は、和真の声に何気なく振《ふ》り返った。

その途端《とたん》、目に飛び込んできたのは翔惟の背後に立ち、その首に腕《うで》を絡《から》めるようにして甘えている和真の姿。

(……こんなのいつものことだ)

基本的に和真は人との距離《きょり》が近いから、ごろにゃんと甘えることにもためらいがない。

だから気にするほどのことじゃないし、羨《うらや》ましがることでもない。

そう思うのに、なんだかもの凄《すご》く嫌《いや》な気分になるのはどうしてだろう？

「あれ？　翔惟さん、肩凝《かたこ》ってる？　色々心配させたお詫《わ》びに揉《も》んでやるよ」

そんな優真の目の前で、和真が今度は翔惟の肩を揉みはじめる。

「あのさ、お酒飲まなかったら、ちょっとぐらい夜遊びに出てもよくない？」

「いいわけないだろう。ったく、ゴマすっても甘い顔はしないからな」

「翔惟さん、堅《かた》いなぁ」

肩も硬いけど……と、肘《ひじ》でごりごり。肩がほぐれたら性格も柔《やわ》らかくならないかなと懲《こ》りずに呟く和真に、馬鹿《ばか》言えと翔惟が呆れた顔で苦笑する。

ごく自然な叔父《おじ》と甥《おい》のスキンシップで、やっぱり気にするほどじゃない。

それなのに、なんだか胸がもやもやして収まらない。

いつもだったら、ちょっと羨ましいなと思う程度でそんなに引きずらないのに……。

（これって、嫉妬《しっと》？）

そう気づいた途端、優真は弟相手にそんな感情を抱《いだ》く自分がむしょうに恥《は》ずかしくなった。

そういうものだと納得《なっとく》して、いつも一歩引いた場所で眺めていたのは自分だ。

今までは平気だったのに、どうして急に嫉妬なんかしてしまうのか？

理由は、たったひとつしか思い当たらなかった。

（あの肩に直接触《さわ》っちゃったから……）

翔惟を深く受け入れながら、あの肩に夢中でしがみついた。

触《ふ》れ合う肌《はだ》と熱い吐息《といき》、今まではまったく知らなかった身体《からだ》で直《じか》に感じるあの幸福感。

あの夜の記憶《きおく》が急に生々しく甦《よみがえ》ってきて、頬《ほお》だけじゃなく身体の芯《しん》まで熱くなってくる。

（なに、これ……）

優真はお茶の支度《したく》をする手を止め、少し落ち着こうと熱くなった頬に両手で触れた。

いつもだったらこうしていると少しは落ち着いてくるのに、頬の熱が指先にまで移ってしまって、逆に身体の熱が上がったような気がした。

あの出来事を一生に一度の幸せな夢だったことにしようと決めたときから、優真はあの出来事に「幸福な夢」という名のフィルターをかけた。

そうすることで、肉体で感じた喜びをあまりリアルに思い出さないようにしていたのだ。

生々しい記憶を思い出してしまったら、もう一度、あの熱い肌に触れたくなってしまうような気がしていたから……。

（こんなの……困る。欲張《よくば》りになっちゃだめなのに……）

以前は、手がちょっと触れただけでも充分《じゅうぶん》に嬉しかった。

頬が熱くなって心臓がドキドキして、得しちゃったとひとりで喜んでは足が地に着かないような幸福感に満たされた。

でも今は、きっと手がちょっと触れたぐらいじゃ物足りない。

その先の喜びを、この身体で知ってしまったから……。

できるならキスして欲しいし、あの指でこの肌に触れて欲しいとも思ってしまう。

（もう……元《もど》に戻れない？）

好きな人の姿を見ているだけでも満足できた幼い恋心《こいごころ》。

想《おも》いが通じることなんて望まず、ただ側にいられるだけでも幸せだと思えていたのに……。

「優ちゃん、お茶まだ？」

無邪気《むじゃき》な和真の声に、優真はどきっとして我に返った。

「すぐに持ってくよ」

慌《あわ》ただしくお茶を淹《い》れて、わらび餅《もち》と一緒《いっしょ》にテーブルに運ぶ。

「この黒蜜《くろみつ》が美味《おい》しいんだよ。翔惟さん、宏美さん家《ち》のわらび餅って食べたことある？」

「いや、はじめてだ」

どれどれ、とわらび餅を口に運ぼうとする翔惟に、和真が、どう？　美味《うま》い？　と身を乗り出して口元を覗《のぞ》き込む。

翔惟はいったん手を止め、ゆっくり味わわせろとそんな和真の額を笑って押《お》し戻した。

ふたりがじゃれ合う、いつもの光景だ。

それなのに、やっぱり優真の気持ちは大きく揺《ゆ》れてしまう。

「翔惟さん、さっき僕に話があるって言ってませんでしたっけ？」

翔惟にこっちを向いて欲しくなった優真は、思わず自分から話を振ってしまっていた。

「え？　ああ……。うん、それはまた今度な」

「そう……ですか」

一瞬《いっしゅん》こっちを向いた翔惟は、すぐにまた和真のほうに視線を戻した。

「確かにこの黒蜜美味いな」

「でしょ？　宏美さんが自分で作ってんだって。こだわりの一品って奴《やつ》」

店には他《ほか》にもいっぱいこだわりの一品があるんだと、居酒屋のメニューについて和真があれこれと説明しはじめ、翔惟はそれを楽しげに聞いていた。

これも、いつものこと。

誰《だれ》だって楽しいことを優先したいものだから当然だ。

そして、和真が楽しそうなんだからそれでいいと、自分が一歩引くのもいつものこと。

なにもかもが今さらなのに、どうしてこんなに気持ちが沈《しず》むのか……。

(後回しにできる程度の用事だったんだから、喜んでいいところなのに)

あの夜の出来事を蒸《む》し返される心配は無さそうだと安心して、胸《むね》を撫《な》で下ろせばいいのに、どうしてかそれができない。

ちょっと思い出してしまっただけで熱くなってしまった身体に、心まで引きずられてしまう。

あの夜の出来事をなかったことにしたくないと、心の奥から叫《さけ》ぶ声が聞こえる。

もう一度恋《こい》した人に抱《だ》かれたい、あの熱い身体の重みを感じたいと、身体が感じた記憶を生々しく反芻《はんすう》してしまって……。

(ああ……、いやだな。こういうの)

以前は、ほんの少しの幸せを胸に抱き締《し》めて、それを何度も反芻しているだけでも充分に幸せだったのに、すっかり欲張りになった自分がいる。

優真はもやもやと熱くなる胸に、無意識のうちに拳《こぶし》を押し当てた。

4

(僕も、もっと翔惟さんに近づきたい)

恋人《こいびと》になるのは無理だってわかってるけど、せめて和真のように無邪気にじゃれついていければいいのに……。

できもしないことを考えて、優真はひとりため息をつく。

「うじうじぐずぐず鬱陶《うっとう》しいな。悩《なや》んでばっかりいたって変化はないぞ。行動あるのみだ」

そんな優真を見て、拓人が凜々《りり》しい声で眩《まぶ》しいほどの正論をぶつけてくるけど、それをキャッチできない優真は思わず机に突《つ》っ伏《ぷ》して逃《に》げた。

(確かに、鬱陶しいけど……。自分から積極的に行動したことなんて、今までないし……)

優真の恋心は、ずっと内側にしか向いていなかった。

好きな人が目の前にいてくれるだけで嬉《うれ》しくて、話しかけられたり気遣《きづか》われたりすれば幸せで、ちょっと得した気分だとこっそりひとりで喜んでばかり。

もちろん、翔惟が自分のことをどう思っているのかはすっごく気になる。

でも気になるのは、嫌《きら》われてないかとか迷惑《めいわく》だと思われてないかってことばかりで、好きになって欲しいなんて甘い期待を抱くことはなかった。

叶《かな》うわけのない恋だと最初から諦《あきら》めていたからだ。

それなのに、あの夢のような一夜を経験したせいで贅沢《ぜいたく》になってしまった自分がいる。

ただ翔惟の姿をこっそり眺《なが》めているだけじゃ満足できない。

もっと誰よりも近くにいたいし、もっとこっちを向いて欲しい。

それに、あの夜の出来事が、翔惟の中でどんな風に処理されているのかも気になっている。

夢うつつの中、翔惟はいったい誰を抱いたつもりだったんだろう？

かつての恋人達の漠然《ばくぜん》とした面影《おもかげ》を宿した存在か、それとも明確に誰かのイメージを映していたのか。

確かに言えることは、腕《うで》の中にいたのが自分の甥っ子だとは思ってないだろうってことだ。

(気づいていたら、僕に普通《ふつう》に話しかけたりなんかできっこないだろうし……)

優真はといえば、翔惟に対する態度が日に日におかしくなってきていて、前にも増しておどしてしまうようになってしまった。

それなのに、もっと近づきたいと思っているのだから、我ながら矛盾《むじゅん》していると思う。

「一度ぐらい、真っ正面からぶつかってみたらどうだ？」

うじうじしている優真を見かねてか、拓人がいつもよりずっと優《やさ》しい口調でそう言った。

顔を上げて嫌《いや》だと答えたら、臆病《おくびょう》者めと凜々しい声で叱《しか》られた。

「臆病にもなるよ。ふられるに決まってるんだから」

「玉砕《ぎょくさい》したっていいじゃないか。そうなったら潔《いさぎよ》く諦めて、次はもっと楽な相手に恋をしろ」

「嫌だ。他の人なんか好きになれっこない。翔惟さんがいいんだ」

「そこまで執着《しゅうちゃく》してるんなら、はっきり告白してしまえ。何度振《ふ》られてもめげずにしつこく告白し続けていれば、いつかは情にほだされて落ちるってこともあるかもしれないぞ」

「無理だよ。僕は和くんと違《ちが》って人から好かれるようなタイプじゃないし……。しつこくしたらきっとその分だけ嫌われるよ。――あ～あ、僕も和くんみたいだったらなぁ」

ため息混じりに呟《つぶや》いたら、「優真は狡《ずる》い」と拓人がむすっとした顔で呟く。

「狡い？」

「あの弟だって、無条件でみんなに好かれているわけじゃないぞ。人気者を僻《ひが》んで嫌うひねくれ者だっているし、人気者だからこその悩みだってあるのに……。現に、この俺とだって相性《あいしょう》がよくないじゃないか」

「和くん、拓人くんには初対面でぺしゃんこにされてたもんね」

八方美人だと指摘《してき》されて、びっくりしていた和真の顔を思い出して、優真は軽く苦笑《くしょう》した。

「だろう？　そういうリスクがあるってわかってそれなりに痛い目をみても、あいつはあの通り恐《おそ》れもせず人の輪の中に入って行って八方美人を続けてる。――その点、おまえは最初から逃げてるし、そのくせ羨《うらや》んでる。そういう態度、俺は狡いと思う」

ズバッと痛いところを指摘されて、優真はまたしても言葉を無くした。

(確かに、その通りかも……)

友達がなかなか増えないことが気になっていても、痛い目をみるのが嫌だから自分からは前には出て行かない。

たったひとりの大好きな親友は、運よく棚《たな》ぼたで得たようなものだ。

「でも……僕は和くんみたいにはなれないし……」

「なんで弟みたいになる必要があるんだ？　誰もが皆《みな》ああはなれないぞ。あれはちょっと特殊《とくしゅ》なケースで、俺だって無理だ。でも俺は俺のまま俺なりに頑張《がんば》ってる」

(ああ、そっか……。拓人くんも頑張ってるんだっけ)

全校生徒から「さま」つきのフルネームでからかい混じりに呼ばれることを好ましいと思っていないにもかかわらず、拓人はいつも堂々としていて決して俯《うつむ》かない。

そのことで感じるストレスだってあるはずなのに……。

おまえはどうだ？　と拓人に聞かれた優真は、答えに窮《きゅう》してまた机に突っ伏した。

(僕なりには……全然頑張ってない)

いつもそう。

立ちすくんでいたほうが楽だから、ずっとその場に立ち止まったまま。

自分を取り巻く状況《じょうきょう》が変わるか、誰かが手を差《さ》し伸《の》べてくれるのを待っている。

「うじうじぐずぐず悩んでるのが自分らしいと優真が思ってるんなら、別にそれでもいいさ。――でも、この先もずーっとそうやって悩み続けてるだけってのは、なんか虚《むな》しくないか？」

それも確かにその通りだった。

前は恋をしていると思うだけで幸せな気分になれた。

でも、あの幸せな夜を経験してしまった今は、自分の内側だけで恋をしているのが、なんだか苦しいし虚しい。

(片思いって、本当はこういうものなんだな)

好きでいるだけで幸せだなんて嘘《うそ》だ。

一度だけとはいえ本物の幸せを体験してしまった今となっては、おままごとみたいなひとり遊びの空想ではもう満足なんかできない。

好きだからもっともっと近づきたいし、振り向いて欲しいって欲《よく》も湧《わ》いてくる。

自分以外の誰《だれ》かに気を取られる翔惟を見れば嫉妬《しっと》だってしてしまう。

翔惟は親戚《しんせき》で縁《えん》が切れることはないんだから、なんのアクションも起こさない限りはこんな中途半端《ちゅうとはんぱ》な状態がずっと続くわけで……。

(どうしたらいいんだろう。行動あるのみ……なのはわかってるけど……)

でも、それが一番難しい。

優真はもやもやする胸を押さえながら深いため息をついた。

「――また、ため息なんかついて。優ちゃん、最近ずっとだよ」

やめなよ、と正面に座っている和真が言うと、はす向かいに座っている翔惟も頷《うなず》く。

「ため息をつくと幸せが逃げるって言うぞ」

「……はい。気をつけます」

夕食の最中、お茶碗《ちゃわん》に視線を落としたまま物思いにふけっていた優真は、ふたりの言葉にとりあえず顔を上げてみた。

「なにか悩み事でもあるのか？」

心配そうに翔惟が聞いてくる。

翔惟と視線が合った優真は、慌《あわ》ててまた視線をお茶碗に戻《もど》した。

「いえ……。えっと、正式な生徒会役員にならないかって親友から誘《さそ》われてて……」

誘われているというよりも、「暇《ひま》だからぐずぐず悩むんだ、もっと真面目《まじめ》に働け」と拓人にどやされているだけなのだが、とりあえず聞こえのいい言葉を選んでみた。

「親友って、あの生徒会長やってるって子？」

「はい、そうです。二年生で新しく部活をはじめるのもちょっと厳しいし、ちょうどいいかなって思ってるんですけど……」

新しいことをはじめれば少しは気が紛《まぎ》れるだろうし、ちゃんとした役割を与《あた》えられた上でそれをやり遂《と》げることができれば、それなりに自信もつくかもしれない。

優真はけっこうやる気だったのだが、意外にも普段《ふだん》はポジティブな和真が「それ、止《や》めたほうがいいと思う」と否定的なことを言い出した。

反対されるとは思っていなかった優真は、「どうして？」と驚《おどろ》いて和真を見た。

「ただでさえ変な噂《うわさ》が流れてるってのに、これ以上、島津拓人さまと接点増やしたら余計に騒《さわ》がれるからさ」

「噂って？」

「優ちゃんと島津拓人さま、しょっちゅう顔つき合わせてこそこそ内緒話《ないしょばなし》してるんだってな。最近、前にも増して仲がいいって学校中で噂になってるんだよ」

「なんでそれが噂になるの？」

優真はきょとんとして首を傾《かし》げた。

翔惟の話をするときなど、他《ほか》の生徒達に話を聞かれたらまずいから、こそこそしているのが不審《ふしん》がられたのかもしれないが、噂になるほどのことだろうか？

「喧嘩《けんか》してるわけじゃないし、親友と仲がいいのは悪いことじゃないよね？」

理解できず聞き返したが、和真は「優ちゃん、ほんと鈍《にぶ》いよな」と愚痴《ぐち》るように言うばかり。

更《さら》には、答えを拒《こば》むかのように不機嫌《ふきげん》そうな仏頂面《ぶっちょうづら》になって、ぷいっと視線をそらされた。

(な、なんで和くん、こんなに怒《おこ》ってるんだろう？)

寝起《ねお》き以外のときに和真からこんな態度を向けられたのははじめてで、優真にはどう対処していいのかわからない。

救いを求めて翔惟にちらりと視線を向けたら、翔惟は翔惟でなにやら不機嫌そうに眉間《みけん》に皺《しわ》を寄せてむっつり黙《だま》り込んでいる。

困惑《こんわく》した優真は、とりあえずテーブルに視線を落として逃《に》げた。

(……なに、この状況)

ムードメーカーの和真が不機嫌で、いつも穏《おだ》やかに微笑《ほほえ》んでいる翔惟の顔からも笑《え》みが消えているとなると、基本受け身の優真にはもはやなす術《すべ》がない。

こんなとき、いつもの優真なら、場の雰囲気《ふんいき》に逆らわず一緒《いっしょ》になって無言になるのだが……。

(ここで黙ってるのも、やっぱり狡いのかな)

ダメ元でちょっとだけ頑張ってみようと、思い切って顔を上げてみる。

「ぼ、僕のことは置いといて……。和くん、部活はどこに決めたの？」

なんて不器用で無理矢理な話題転換《てんかん》だろう。

自分で自分が恥《は》ずかしくて真っ赤になった優真に、和真は更に不機嫌そうな顔を見せた。

「知ってる癖《くせ》に、とぼけたこと言うなよ」

「え？　決まったっていうのは聞いてなかったと思うけど……」

入学当初から特に希望の部活動がなかった和真は、とりあえずお試《ため》しであちこちの部に体験入部してみると張り切っていた。それで、いくつかの運動部を回ったって話は聞いていたが、その後どこに決めたのかまでは聞いていないはずだった。

「最近ぼんやりしてたから聞き漏《も》らしちゃったかな。ごめんね。もう一回だけ教えてくれる？」

優真が謝ると、和真はちょっと不思議そうな顔をした。

「島津拓人さまから聞いてんじゃないの？」

「なにも聞いてないけど……。和くん、拓人くんと普通《ふつう》に話ができるようになってたんだ」

ちょっと嬉《うれ》しくて微笑む優真に、「なってねぇよ」と和真は不機嫌そうに言った。

「ただ、ちょっと助けてもらっただけで……。──俺がトラブった話、ほんとに聞いてない？」

「トラブったって、誰《だれ》と？」

「運動部の三年連中と……」

明るい容姿と性格とで愛されがちな和真は、運動能力が高いこともあって体験入部した部でいちいち先輩《せんぱい》達に気に入られてしまい、その結果、和真を欲しがる複数の部同士がいがみ合って争奪戦《そうだつせん》になってしまったのだと和真が言う。

「俺がいると応援《おうえん》に来る女子も増えるかもって下心もあったみたいでさ。なんか余計に熱くなっちゃって……。収拾《しゅうしゅう》つかなくなって困ってたら、島津拓人さまが助けてくれたんだよ」

拓人は、みっともない真似《まね》をするなと諍《いさか》いを起こした三年生達をその場で一喝《いっかつ》し、生徒会長権限で騒動《そうどう》を強制的に鎮静《ちんせい》化した。その後、騒動の原因となった和真には、ペナルティーとして一ヶ月間の運動部への出入り禁止を申《もう》し渡《わた》したのだとか……。

「そんときに、優ちゃんには内緒《ないしょ》にしてって島津拓人さまにダメ元で頼《たの》んどいたんだけどさ。──ほんとに聞いてないの？」

「聞いてないよ。拓人くんは、誰が相手でも約束は絶対に守る人だからね」

「……格好よすぎ」

なんかむかつく、と和真は不満顔だ。

（自分で頼んだ癖に）

約束を守ったのにむかつかれては、拓人が気の毒だ。

拓人は不器用なぐらいまっすぐな性格だから、自分の発した言葉に反することはしない。

だから優真も、拓人相手に内緒話をするときは、まず最初に内緒にしてねと頼んで予防線を張っているのだが……。

(よく考えると、これも狡《ずる》いのか……)

本来、拓人は沈思《ちんし》黙考《もっこう》しているよりは行動を優先するタイプなのに、予防線を張られているせいで優真の言うことに対しては苛《いら》ついてもなんの行動も起こせずにいる。

これでは、胸の中に溜《た》めて置けないもやもやをただ吐《は》き出す為《ため》だけに拓人を利用しているようなものだ。

(甘えちゃってた)

こんな一方的な関係はフェアじゃない。これでは親友失格だ。

(和くんのことも、拓人くんの言う通りなんだな)

明るい容姿と性格で愛されがちだから、和真だったら生きるのも楽だろうと勝手に思い込んでいたけど、愛されがちだからこそのトラブルだってある。

拓人はそういうことに最初から気づいていたから、和真が起こしたトラブルにすぐ対処してくれたんだろう。

(ほんと、僕って鈍臭《どんくさ》くて役立たず)

受け身がちな上に夢見がち、弟を羨《うらや》むばかりで手助けすることもできずにいるなんて……。

でも、もう気づいてしまったのだから、このままでいていいはずはない。

(僕が僕なりに今できること)

翔惟に直接アプローチする勇気は、今の優真にはない。

でも、今の自分を少しでも変える努力をすることならできる。

(とりあえず、どんなに鈍臭くても、僕なりにやれることから積極的にやってみるしかないか。っていっても、今の僕にできることっていったら家事くらいのものだけど……)

段取り魔《ま》の優真は、とりあえず順序よく最初の一歩を踏《ふ》み出す方法を考えてみた。

☆

「ああ、また寝坊《ねぼう》したか」

日曜日、目覚まし時計で時間を確認《かくにん》した翔惟は、がっくりとうなだれて短い髪《かみ》をかいた。

翔惟は常々、平日よりむしろ休日にこそ早い時間に起きたいと思っている。

友達の多い和真は休日になると友達と共にあちこち出歩くが、優真はほとんど家《うち》にいる。だから、少しでも寂《さみ》しくないよう話し相手になれればと考えていたのだ。

特に今は、和真がいないときにしか話せない重大な問題を抱《かか》えている。

なんとか機会をみつけて優真とふたりだけでゆっくり話をしたいと思っていたから、昨夜は一時すぎにはベッドに入ったのだが、寝入《ねい》りばなに梨華からの電話でたたき起こされた。

姉の結婚《けっこん》で親戚《しんせき》になってしまった梨華とは、比較的年齢《ひかくてきねんれい》が近いこともあってそれなりに親しいつき合いをしている。十年以上前にふたりで食事に行った際に騙《だま》されて酒を飲まされ、酔《よ》った勢いで決して誰《だれ》にも知られたくなかった秘密を口走って弱みを握《にぎ》られてからは、もはや遠慮《えんりょ》会釈《えしゃく》のない悪友のような感じだ。

そんな彼女に和真の夜遊びの件で文句を言う為に何度か電話をしていたのだが、忙《いそが》しいようでずっと留守電ばかり。

その返事の電話がやっと昨夜あったのだが、予想に反して梨華は手強《てごわ》かった。

『あたしはあんたのフォローをしてやっただけよ』

高校生を夜遊びに誘《さそ》うなと文句を言った翔惟に、梨華はそう反論した。

『あんたは優真贔屓《びいき》だから、あたしは和真を贔屓してあげたの』

普段《ふだん》から親戚一同に優先的にちやほやされている和真にとって、二番手扱《あつか》いされるのは超《ちょう》ストレスに違《ちが》いない。だから自分がストレス発散に協力してやったのだと梨華は偉《えら》そうだ。

（ったく、この兄妹《きょうだい》はこれだから……）

研究馬鹿《ばか》で家庭より自分の仕事優先の兄同様、妹のほうもちょっとばかり自己中なものの考え方をする癖を持っている。

「それで、夜遊びしているところを和真の学校関係者に見つかったらどうするつもりだったんだ？　今度は停学処分中のストレスを発散する協力もしてやるってか？」

『え……保護者同伴《どうはん》でも停学になるの？　あたしのときは誤魔化《ごまか》せたんだけど……』

「おまえが通ってた芸能界御用達《ごようたし》の高校とは違うんだ。優真達の高校はお堅《かた》い進学校だからな。ゲイバーやホストクラブで飲酒してるところを見つかったら一発だ。下手すりゃ退学だぞ」

『……ああ、そっか。……ごめんなさい。これからは気をつける』

翔惟の指摘《してき》に、梨華はあっさり白旗を掲《かか》げた。

その後、翔惟はちょうどいい機会だからと、自分達の生活費が父親から支払《しはら》われていないことを優真が酷《ひど》く気にしていて、こっそりバイトしようとまでしていた話を梨華に打ち明けた。

「おまえのほうから、優真をあんまり困らせるなって義兄《にい》さんに伝えておいてくれ」

梨華は複数のショップを経営していることもあって、金の問題に関してだけは兄よりも常識を持ち合わせている。翔惟の話を聞くとすぐ、『わかった。まかせておいて』と強気で請《う》け負ってくれて、通話は終わった。

そしてその二時間後、今度は優真達の父親である真治《しんじ》からの電話でたたき起こされた。

どうやら梨華は、あらゆる手段を講じて海外の真治に強引《ごういん》に連絡《れんらく》を取ったようで、妹からかなりきつく叱《しか》られた様子の真治は『迷惑《めいわく》かけて済まなかった』と平謝り。

「俺はいいですから、気苦労をかけた優真に謝ってやってくださいよ」

そう翔惟が言うと、それなら優真に電話を替わってくれと真治が言う。

時差をまったく気にしないその無神経さに軽く頭痛を覚えながらも、本当に悪いと思っているのなら優真達が起きている時間帯にもう一度かけ直すようにと真治に言って、翔惟は強制的に通話を切った。

いい大人の癖に常識知らずのこの兄妹からの二度にわたる睡眠妨害《すいみんぼうがい》のせいで、翔惟の眠気《ねむけ》はすっかりどこかに行ってしまった。

寝《ね》るのを諦《あきら》めた翔惟は、その後ずっと仕事をしていた。

明け方になって眠気を覚え、ちょっと仮眠《かみん》しようとベッドに入ったのだが、そのまま熟睡《じゅくすい》。

無意識のうちに目覚ましを止めていたようで、ふと気づいたらもう昼過ぎだ。

(ふたりとも、もう起きてるか)

とりあえず身支度《みじたく》を調《ととの》えてキッチンに行くと、テーブルの上に『朝昼兼用《けんよう》の軽食です』と几《き》帳面《ちょうめん》な文字のメモがついたサンドイッチが置いてある。

食事の用意がしてあるってことは優真も出掛《でか》けたってことかとがっかりしながらコーヒーを淹《い》れ、サンドイッチを齧《かじ》りつつホワイトボードを眺《なが》めると、『夕方には帰る』と、和真の元気のいい大きな文字で書きなぐられている。

(ふたりで遊びに行ったのか……。仲のいいことで)

前々から仲のいい兄弟だとは思っていたが、一緒《いっしょ》に暮らしてみるとその仲のよさに嫉妬《しっと》したくなるほどだ。

(俺の前だと、いつもあんなに緊張《きんちょう》してるのにな)

ちょっとしたことでキョドったりおどおどしてばかりいる。

翔惟としてはそんな優真が安心できるよう守ってやりたいと思っているのに、密《ひそ》かに悩《なや》み事を抱えていた優真は、翔惟以外の人間に救いを求めてしまっていた。

さすがに、これは情けないと言うよりも、もはや切ないぐらいだ。

(俺のなにが悪いんだ?)

優真は子供の頃《ころ》より確実に遠慮《えんりょ》がちになってきている。

うっかり手を出してしまった今となっては、優真を怯《おび》えさせるようなことは極力しないようにしているつもりだとは言えなくなってしまったが……。

以前は臆病《おくびょう》な優真を怯えさせないよう、ある程度の距離《きょり》を保ってつき合ってきたのに、一度腕《うで》の中に抱《だ》いてしまったせいかどうも気が緩《ゆる》みがちで、この間もつい距離を測り間違《まちが》えて優真を怯えさせてしまった。

その怯えるさまが妙《みょう》に色っぽいものだから、また困る。

思わず力ずくででも抱《だ》き締《し》めたくなってしまって……。

(なんとかして、ちゃんと話をしないとな)

優真の無意識の誘惑《ゆうわく》に揺《ゆ》らいでしまうのは、こちらの気持ちの落ち着き場所がはっきりしないせいだ。

あの夜の出来事を優真がどう感じているのか、それをはっきり聞き出すことさえできれば、諦めもついて叔父《おじ》としての元のスタンスに自然に落ち着くはずだった。

そうなれば、学校で噂《うわさ》になるほど仲がいいという優真の親友とやらの話題に、つい不愉快《ふゆかい》になってむっつり押《お》し黙《だま》るようなみっともない真似《まね》もせずに済む。

一本気で凛々《りり》しくて、一年生の頃から生徒会長を務めるほどの人望のある優真の親友。

しかも、滅多《めった》に人を嫌《きら》うことのない超ブラコンの和真が、あからさまに不愉快そうにその名前を呼ぶ相手でもある。

(で、噂になるほど仲がいいと……)

そいつと一緒にいるときの優真は、きっとビクビクとキョドったりはしないのだろう。

「とりあえず、仕事でもするか」

高校生に嫉妬する自分に苦笑《くしょう》しつつ、翔惟はコーヒーとサンドイッチを手に自室に戻《もど》った。

最近の翔惟は、自分達が居候《いそうろう》しているせいで仕事ができなくなったんじゃないかと優真が余計な心配しなくても済むようにと前倒《まえだお》しでせっせと仕事に励《はげ》んでいる。

夏休みになったら、母親の長患《ながわずら》い故《ゆえ》にずっと家族旅行とは無縁《むえん》だったあの兄弟を、長期の旅行にでも連れ出してやりたいと計画しているからなおさらだ。

とはいえ、今の状況《じょうきょう》で優真を旅行に連れ出したりしたら余計にストレスをかけてしまいそうだから、その計画を口に出すのはまだ控《ひか》えているが……。

(我ながら情けない話だな)

純粋《じゅんすい》にただ可愛《かわい》がっているだけの甥《おい》っ子だったら、ここまで気を遣わず、和真を相手にしているときのようにもっと強気に接することもできただろう。

もしも優真が甥っ子じゃなかったら、こんな風に焦《じ》れていないでもっと強引に迫《せま》っていた。

それこそ、うっかりじゃなく故意に手を出すことだってしただろう。

臆病で世間知らずな子供を騙して手懐《てなず》ける方法ならいくらでもあるのだから……。

だが甥っ子である優真に、後々お互《たが》いに気まずくなるようなふらちな真似はできない。

実の両親の死後、その財産を狙《ねら》った親族の手から自分を守る為《ため》に養子として引き取り、育ててくれた石神の養父母には恩がある。それだけに、なおさらその孫である優真に傷をつけるようなことにならないようにと慎重《しんちょう》にもなる。

（もう、手遅《ておく》れかもしれないがな）

翔惟は苦笑いを浮《う》かべながら、ペンを手に取った。

その後は仕事に集中し、ふと気づくと、レースのカーテン越《ご》しに差し込む日差しの色合いが夕方近くのそれへと変わっていた。

（もう四時すぎか……）

ホワイトボードには夕方には帰ると書いてあったが、さてあの年頃《としごろ》の子供達の夕方とは何時を指しているものか。

同じ姿勢のまま、長時間書き物をしていると酷く肩《かた》が凝《こ》る。

立ち上がって軽くストレッチした翔惟は、窓を開けて何気なく裏庭を眺め、ちょっと驚《おどろ》いた。

「……優真？」

ろくに手入れもしないまま雑草まみれになっていた庭の片隅《かたすみ》で、優真はしゃがみ込んで草むしりをしていた。

翔惟の声にビクッと驚いて、飛び上がるようにして立ち上がったその手には軍手が嵌《は》められ、草刈《くさか》り鎌《がま》が握《にぎ》られている。

山のように積み上げられた雑草の山から見て、かなり長時間そこにいたのは確かだ。

「ずっと草むしりを？　和真と出掛けたんじゃなかったのか？」

「え……あの……」

驚いたせいでちょっと口調がきつくなってしまったのかもしれない。

優真は怒《おこ》られでもしたかのように俯《うつむ》いて、持っていた草刈り鎌をぱっと背後に隠《かく》したかと思うと、唐突《とうとつ》にビクッとして草刈り鎌を地面に落とした。

「……っっ」

「切ったのか？」

右手で押さえた優真の左の手首から血が流れているのを見た翔惟は慌《あわ》てて部屋を出た。

玄関《げんかん》から裏庭に回り込み、その場に立ちすくんだまま意味もなくおろおろしている優真に駆《か》け寄って行く。

「ご、ごめんなさい。大丈夫《だいじょうぶ》ですから」

「いいから見せろ。汚《よご》れた軍手で傷に触《さわ》るな」

傷を隠そうとする手を払《はら》いのけ、グイッと細い腕を摑《つか》んで引き寄せる。

「よかった。そんなに深く切ってないようだな。――おいで」

庭の水道で傷を洗ってからふたりで家に戻り、キッチンで傷の手当てをする。

「この絆創膏《ばんそうこう》を貼《は》っておけば二、三日で傷は塞《ふさ》がるはずだが……。変に痛むようだったら医者に連れて行くから、隠さずに言うんだぞ」

「……はい」

手当ての最中、自らの失敗が恥《は》ずかしいのか優真はしょんぼりして俯いたまま、なぜか目元を赤くして手当て途中《とちゅう》の自分の手首をじいっと見つめていた。

そんな優真を見た翔惟は、その手首を摑んで引き寄せて、強く抱きすくめてしまいたい衝動《しょうどう》に駆られた。

（ああ、くそ。なんでこう色っぽいんだか……）

本人はなかなか友達が増えないことを悩んでいるようだが、この風情《ふぜい》を見ているとそれも当然だと思えてくる。

（同じ年頃の高校生には、これはちょっと手に負えないだろう）

元気で積極的な今時の女の子達にはない、このたまらなく不安げで儚《はかな》げな風情と色気。

どう扱《あつか》ったらいいものかと困惑《こんわく》し戸惑《とまど》うばかりで、話しかけるきっかけすら摑めずにいるのではないだろうか。

親友相手に変な噂が流れるのも、優真のこの色気が影響《えいきょう》しているに違《ちが》いなかった。

「いつから庭にいたんだ？」

「あ……えっと、お昼前ぐらいからです。二時間ぐらいで止めるつもりだったのに、ああいう単純作業好きだから、やってるうちになんか夢中になっちゃって……。少しでもお役に立てたらいいなって思ったんですけど、逆に迷惑《めいわく》かけちゃいましたね。……ごめんなさい」

「迷惑なんかじゃないさ。ただ、草むしりするんなら一声かけて欲しかったな」

雑草の生命力は旺盛《おうせい》で、梅雨《つゆ》時などは目に見えるほどニョキニョキ伸《の》びる。

だからいつも翔惟は、とりあえず梅雨明けを待ってから一気に庭の手入れをしているのだ。

「そのときに手伝ってもらえると助かるよ。――その前に庭仕事用の帽子《ぼうし》が必要だな。首の後ろ、日焼けして少し赤くなってるぞ」

優真が俯いているせいで、日焼けした首の後ろがよく見える。

もし熱をもっていたら、そこにも薬を塗《ぬ》ったほうがいいかもしれないと何気なく指先で触《ふ》れてみたら、この不意打ちにびっくりしたのか優真はもの凄《すご》い勢いで椅子《いす》ごと後ろに下がった。

「……と、悪い」

うっかり触れてしまったことを翔惟は後悔《こうかい》した。

「あ、いえ……あの、ご、ごめんなさい」

このまま距離《きょり》を置かれるかと思ったが、優真は首筋から頭のてっぺんまで真っ赤になりながらも、逃《に》げずに椅子ごと戻ってくる。

(お？　警戒《けいかい》したわけじゃないのか？)

触れられたことに警戒心を抱《いだ》いたのなら戻ってはこないだろうし、青くなることはあっても、ここまで赤くなることはないはずだ。

「首の後ろ、ひりひりしないか？」

試《ため》しに軽く顔を近づけて微笑《ほほえ》みかけてみたが、優真は逃げない。

おどおどと顔を上げ、はにかんだような微笑みを見せた。

「少し……。でも平気です。——ちゃんと帽子を用意しときますから、庭の手入れするときは絶対に声をかけてくださいね。僕、翔惟さんの役に立てるように頑張《がんば》ります」

（嫌《いや》がってないな）

優真にしては珍《めずら》しくやる気満々の発言は、むしろそれとは逆の印象を翔惟に与《あた》えた。

（そういえば、この間も……）

キッチンで夜出歩いていたことを問いただしたとき、優真を背後から抱きかかえるような体勢になってしまったが、あのときも優真は逃げなかった。

（硬直《こうちょく》してたけどな）

だから怖《こわ》がっているのかと思ってすぐに離《はな》れたのだが、俯いた優真の耳や首筋は、今と同じで真っ赤になっていた。

（もしかして、怖がってたんじゃなかったのか？）

「日焼け止めも必要かな」

それならばと、とっくに手当てを終えてもう触れる必要のない手首を摑んで引き寄せてみる。

優真はビクッと微《かす》かに震《ふる》えただけで、その手を引こうとはしなかった。

「手首に軍手の跡《あと》がついてるぞ」

うっすらと手首についた軍手の跡を、指先でそうっと撫《な》でてみる。

「あ、いえ、あの……。僕、赤くなるだけで、ひ、日焼けの跡は残らないから」

明らかにセクシャルな想像をかき立てる触れかたをしてみたのに、優真はやっぱり逃げない。

緊張《きんちょう》しているのか、摑んだ手首は微かに震えていたが……。

指をずらしてこっそり脈を確かめたら、指先にもの凄い勢いの鼓動《こどう》が伝わってきた。

(……この緊張は、どういう類《たぐい》のものなんだ？)

いつぞやの二の舞《まい》になったらどうしようかという恐怖《きょうふ》心から緊張しているのか、それともまったく逆の期待感からドキドキしてくれているのか……。

その表情を窺《うかが》うべく、驚かさないよう、手首から顔へとゆっくりと視線を動かした。

真剣《しんけん》な顔の翔惟に顔を覗《のぞ》き込まれた優真は、最初のうちおどおどと視線を泳がせていたが、やがて意を決したように翔惟の視線を受けとめた。

が、すぐにへなへなと気力が萎《な》えてしまったようで、ふうっと目を伏《ふ》せる。

(でも逃げないんだな)

取扱《とりあつか》い注意《ちゅうい》の壊《こわ》れ物のように、臆病《おくびょう》で内気な優真。

翔惟には、うやむやになりつつあるあの夜を経験してなお、こうして逃げずにいることこそがひとつの答えのような気がしてきた。

赤くなったまま伏せられた目元の色気に引き寄せられるように、翔惟はゆっくりとそこに唇《くちびる》を近づけていく。

(……もう少し)

指先から伝わってくる優真の鼓動に煽《あお》られるように、翔惟の鼓動も速まる。

(いい大人の癖《くせ》に、なに俺まで緊張してるんだか……)

たかが目元にキスするだけで、こんなに緊張している自分がおかしかった。

身体《からだ》だけなら、一度だけとはいえこの腕《うで》の中に抱いて知っている。

だが、翔惟が本当に知りたいのは身体ではなくて、その心。

優真が自分をどう思っているのか、それこそが一番知りたいことだ。

目元にキスしても優真が逃げなかったら、次は頬《ほお》にもキスしてみよう。

それでもやっぱり逃げなかったら、怖がらせないようにそうっと抱き締《だし》めてみる。

そして、聞くのだ。

その心の内を……。

(怖がってはいないよな)

確認《かくにん》しながら、ゆっくりと唇でその目元に触れようとした、そのとき。

「たっだいまーっ！　遅《おそ》くなっちゃった、ごめん！」

玄関から元気のいい和真の声と廊下《ろうか》を駆けてくる足音が聞こえてきて、翔惟は慌てて優真から離れた。

(なんでこう、いつもいつもタイミングが悪いんだ)

思わず舌打ちしながら優真を見ると、目を伏せたままの優真は、気が抜《ぬ》けたかのようにふうっとため息をついていた。

ほっとしたのか、それとも残念がっているのか。

それを確かめる間もなく、和真がキッチンへと駆け込んできた。

「こんな時間なのに、なにふたりしてまったりしてんの?」

「優真が怪我《けが》したから手当してしてたんだよ」

「え、マジで?——優ちゃん、大丈夫?」

「あ、……うん。かすり傷みたいなものだから平気だよ。和くん、お腹空《なかす》いてるよね? すぐにご飯の支度《したく》するから」

微かに目元を赤らめたまま優真は立ち上がった。

「ご飯の支度? 出掛《でか》ける準備じゃなくて?」

「出掛けるって、どこに?」

翔惟と優真が不思議そうな顔をすると、和真は「あっ、ヤバイ!」と自分の頭を叩《たた》いた。

「ごめん、言い忘れてた! 俺達、梨華ちゃんから食事に誘《さそ》われてるんだよ」

梨華の知人がオーナーのフランス料理店に雑誌の取材が入るとかで、客のグレードを上げる為《ため》のサクラとして梨華がディナーに招待されたのだとか。

「梨華ちゃん、ちょうどいいパートナーがいないから俺達につき合えってさ。それもあって、服も余分に買ってくれたんだよ。だから優ちゃん、この前買ってもらった服に早く着替《きが》えて」

「え、でも僕、さっきまで草むしりしてたから、すっごい汗《あせ》かいてるんだけど」

「だったら急いでシャワー使ってきなよ。——翔惟さんも、のんびり見てないで、もっとちゃんとした服に着替えてきて」

「俺もか?」

「そうだよ。翔惟さんって酒飲めないんだろ？　ちょうどいいから車でマンションまで迎《むか》えに来てくれって梨華ちゃんが言ってた」

「運転手代わりかよ」

店まで連れて行った挙げ句、車の中で待たされるんじゃないだろうなと不安に思いつつ、和真に急《せ》かされるまま仕方なくサマーウールの外出着に着替えた。

家中の戸締《とじ》まりを確認してから車の鍵《かぎ》を手に玄関先《げんかんさき》でふたりを待っていると、まず先に和真が自分の部屋から飛び出してきて、少し遅《おく》れて優真もやってくる。

「お揃《そろ》いのシャツにしたのか」

「うん、梨華ちゃんが絶対にお揃いの服を着て来いって言ってたから」

ふたりは光の加減で色合いが変わる色違《いろちが》いのシャツを着ていた。

和真はオレンジがかった黄色で、優真は紫《むらさき》がかった青。

アクセサリーを身につけ着飾《きかざ》った雰囲気《ふんいき》の和真とは対照的に、優真はただシンプルにシャツを羽織っているだけだ。

どうやら、光沢《こうたく》のある素材それ自体が優真にとっては派手に感じられるようで、しきりに恥《は》ずかしそうに服を弄《いじ》っている。

（ヒマワリに桔梗《ききょう》って感じだな）

早く出発しようよと明るい顔で急かす和真と、恥ずかしそうに俯《うつむ》き加減《かげん》でその後ろから付いてくる優真の姿が、それぞれの花のイメージに重なる。

好みはそれぞれあるだろうが、どちらの花も魅力《みりょく》的なのは確かで、ふたりセットで着飾らせて連れ歩きたがる梨華の気持ちが、ちょっとだけわかるような気がした。

「さすがに元モデル、センスがいい」

ふたりともよく似合ってるぞと翔惟が誉《ほ》めると、やっぱり和真は上を向いて嬉《うれ》しそうに明るく笑い、優真は恥ずかしそうに目を伏せてはにかんだように微笑んだ。

料理は文句なしに美味《おい》しかったのだが、店側に対する雑誌の取材には常連客である梨華の写真撮影《さつえい》も含《ふく》まれていて、取材を受けていた最初のうちはけっこう落ち着かなかった。

甥御《おいご》さん達の写真もいいですか？　と聞いてくる雑誌社の人間に梨華が気軽にＯＫを出しかけるのを止めたり、居合わせた他《ほか》の客達が梨華だけじゃなく優真達まで写メを撮《と》ろうとするのを止めたりと、翔惟ばかりが大忙《おおいそが》しだったような気もするが……。

それでもメインの料理が運ばれて来る頃《ころ》には騒《さわ》ぎも収まり、ゆっくり美味しい食事を楽しむことができた。

ここ最近なにかというとすぐにため息をついてばかりいた優真も、環境《かんきょう》が変わったせいか物思いにふけることもなく、賑《にぎ》やかな和真と梨華の会話におっとりと相づちを打っている。

その唇には控《ひか》えめな微笑《ほほえ》みが浮《う》かび、伏せ気味の目元には微かな赤みが残ったままだ。

（ご機嫌《きげん》そうだ）

久しぶりの外食で気分が高揚《こうよう》しているのか、それともふたりで居たときのあの鼓動の速さがまだ残っているせいなのか……。

後者であればいいと翔惟は願っていた。


食事を終えて外に出て、駐車場《ちゅうしゃじょう》に向かう途中《とちゅう》で翔惟は梨華に苦情を言った。

「和真が酒に強いなんて大嘘《おおうそ》じゃないか。ワインをちょっと盗み飲みした程度であれなら並以下だ」

翔惟が指差した先には、ご機嫌そうに歩道をフラフラと歩く和真と、その後を心配そうにおろおろついていく優真がいる。

「和真の奴《やつ》、自分は酒に強いって信じてたぞ。馬鹿《ばか》な嘘ついて子供を惑《まど》わすな」

「あら、信じてたんだ。和真ってば素直《すなお》」

梨華は悪びれない様子でケラケラと笑う。

「ちょっと飲んだだけでご機嫌になっちゃうから可愛《かわい》くてさ。つい調子に乗らせちゃった」

「つい、で済ますな。自分の酒量を誤解したままだと、後で苦労するのは和真なんだからな。責任持って、和真に現実を教えとけ。ってか、あいつに酒を飲ませるなよ」

「はーい。叔父《おじ》さんみたいに、飲めない酒飲んで醜態晒《しゅうたいさら》さないようにって教えとくわ」

「……俺が飲んだんじゃなく、おまえが騙《だま》して飲ませたんだろうが」

ぎろっと睨《にら》んだが、ひとりでワインを一本以上あけて酔っぱらった梨華はご機嫌そのもので、まったく通じていないようだ。

「ねえ、あの子達を独り占《じ》めしてないでさ、どっちかひとりあたしに譲《ゆず》ってよ」

「犬猫《いぬねこ》の子じゃあるまいし、そんな簡単に渡《わた》せるか」

「そう言わずにさぁ。最近、ひとり暮らしが寂《さみ》しくって……。——ねえ、譲ってくれるとしたら、どっち？」

「そりゃ、優真だろう」

「え、そうなの？　あんたのことだから、絶対に和真って言うと思ったのに」

「おまえらふたりをひとまとめにしといたら、暴走してなにやらかすかわかったもんじゃないからな。その点、優真ならストッパーになるだろうし……。ってか、あのふたりを別々にする気はないぞ。それにおまえにだけは絶対に預けないから、この話はなしだ」

「なんでよ。いいじゃない」

「駄目《だめ》だ。おまえの場合、いま男が居ないからそういうことを言ってるだけだろう？　新しい男ができたらどうする気だ」

「え～、大丈夫《だいじょうぶ》よ。高校生って言ったらもう大人なんだし、あたしが恋人《こいびと》を連れ込んでも目をつぶっててくれるって」

「……おまえにはなにがあっても絶対に渡さない」

もう一度ぎろっと睨むと、今度はさすがに梨華も「わかったわよ」と肩《かた》を竦《すく》めた。

「でも、あんたはどうなの？」

「あ？」

「恋人、つくる気ないの？——そろそろ血の繋《つな》がらない姉への長年の不毛な片思いにも踏《ふ》ん切りついたんじゃない」

「……ほっとけ」

嫌《いや》なことを話題に乗せられて、翔惟は思わず眉間《みけん》に皺《しわ》を寄せた。

十年以上も前、梨華に騙されて飲まされた酒のせいで、長年の秘《ひ》め事を口にしてしまった自分がなんとも口惜《くちお》しい。

「ほっとけないから言ってるのよ。……だって、優真ってば最近ますます若くて健康だった頃の義姉《ねえ》さんに似てきたし、あんたは食事中もず〜っと優真から目を離《はな》さないぐらいにますます優真贔屓《びいき》だしさ。——叔母《おば》としては、な〜んか心配なんだもん」

お願いだから変な気起こさないでよと梨華が言う。

余計なお世話だと呟《つぶや》きつつ、翔惟は微《かす》かな罪悪感を感じていた。

☆

いつの間にかこっそり梨華のグラスからワインを盗み飲みして、すっかり酔っぱらってしまった和真を介抱《かいほう》しながらつい聞いてしまった翔惟と梨華の会話に、優真はかつてないほどの衝《しょう》撃《げき》を感じていた。

(翔惟さんが、ずっと母さんのことを？)

よくよく考えてみると、翔惟が血の繋がらない姉に不毛な片思いを続けていたというのは、かなり真実味のある話だった。

翔惟はずっと特定の恋人をつくることなく独身を通してきたし、優真達の母親が入院している間も他の親戚《しんせき》達とは比べものにならないぐらい頻繁《ひんぱん》に見舞《みま》いに来てくれていた。治療《ちりょう》方針に関しても、役に立たない父親の代わりに親身になって相談に乗ってくれた。

血が繋がらなくとも姉弟《きょうだい》として育った絆故《きずなゆえ》のことだろうと思っていたけど、そこに恋愛《れんあい》感情が介在《かいざい》しているとしたらより納得《なっとく》できる。

更《さら》に梨華は、優真が最近ますます若い頃の義姉さんに似てきたと指摘《してき》し、変な気を起こさないでよと翔惟に釘《くぎ》を刺《さ》した。

その言葉に、優真はまたしてもショックを受ける。

(ああ、そっか……。そういうことだったんだ)

あの夜、夢うつつの中で翔惟が抱《だ》いたのは、ずっと恋《こい》していた人の面影《おもかげ》だったのだ。

さっきキスしかけたのも、母親に似ているこの顔についうっかり引き寄せられてのことだったのかもしれない。

(僕に……キスしてくれるつもりだと思ったのに……)

目元にキスしようとしてくれたあのとき、翔惟は寝《ね》ぼけても酔ってもいなかった。

ちゃんと自分だってわかっていて、その上でキスしてくれそうになったのだ。

そう思ったから、食事中も、ずっとふわふわと地に足がつかない感じで、今まで知らなかった幸福感に身体《からだ》中がぽかぽかして温かかったのに……。

(僕じゃなく、母さん似のこの顔にキスしようとしてたんだ。……なんか、がっかり)

でも、早めに気づいてよかった。

もう少しで勘違《かんちが》いしてしまうところだった。

いや、もうすでにちょっとだけ勘違いしてしまっていたけど……。

(でも、まだ大丈夫)

もしかしたら両思いになれるかもしれない、そんな夢をほんの少し見てしまっただけ。

幸せな夢を見るのはいつものこと。

それが現実にならないのもいつものことだ。

いつも明るい弟の影《かげ》になっていた自分が、今度は母親の影になってしまっただけのこと。

それだって慣れっこだから平気だ。

むしろ、変な勘違いをしたままで翔惟に接してしまう前に気づいてよかったぐらいで……。

(慣れてるのに……)

それなのに酷《ひど》く悲しいのはどうしてだろう？

(母さんの身代わりだったから？)

大好きだった母親に顔立ちが似て綺麗《きれい》だと翔惟にメモ書きされたときは凄《すご》く嬉《うれ》しかった。

でも、翔惟の目が、自分の存在を透《す》かすようにして、その後ろに母親の姿を捉《とら》えていたのだとすれば全然嬉しくない。

(ずっと……僕を見てくれてるんだと思ってたのに……)

他《ほか》の人達はみんな和真に先に話しかけるのに、翔惟だけはまず最初に優真を見て、そして声をかけてくれていた。

自分を真っ先に見つけてくれる人がいることが凄く嬉しかったのに、翔惟が見つけてくれていたのは、母親によく似たこの顔だった。

決して優真自身じゃない。

(そんなの……酷いよ)

これでは、優真が翔惟を好きになった理由を、根本から否定されたようなものだ。

これがただの憧《あこが》れだったら、裏切られたショックのままに翔惟に対する気持ちを捨て去ることもできるかもしれない。

でも、今の優真にはもうそれはできない。

憧れじゃなく、独りよがりのおままごとでもなく、身体《からだ》と心の両方で本当に恋をしてしまっているから……。

もしも今、翔惟のどんなところを好きになったのかと問われたら、きっと優真は口ごもってしまうに違《ちが》いない。

それでも、やっぱり好きだ。

熱とアルコールで夢うつつだった翔惟は、母親の面影を抱き締《だし》めていたのかもしれないと知っても、あの夜の記憶《きおく》が幸福なものであることに変わりはない。

さっきのキス未遂《みすい》だってそう。

翔惟の唇《くちびる》が近づいてくるのを待つ間のあの鼓動《こどう》の高鳴り、あの瞬間《しゅんかん》の期待に満ちた幸福感はなにものにも代え難《がた》い。

あの夜とは違って正気だった翔惟が、自分を母親の身代わりにしようと明確に意識していたとしても、それを許してしまいそうなほどに……。

(許せたとしても、悲しいのは消えないんだ)

翔惟が好きだから、身代わりだったのだとしても許せるかもしれない。

でも、翔惟が好きだから、自分自身をちゃんと見てもらえていないのは悲しい。

そのほうが楽だからと、いつも一歩後ろに下がって、自分自身の存在をきちんとアピールしてこなかった自分が一番悪いのかもしれないけど……。

(……苦しい)

なにか、もやもやした熱いものが胸の中で暴れている。

苦しくて苦しくて、もうどうにかなってしまいそうだった。

5

変に思われないよう家では辛《かろ》うじて普通《ふつう》にしていたが、学校に到着《とうちゃく》した途端《とたん》、急激に気力が萎《な》えて優真は崩《くず》れるように無言のまま机に突《つ》っ伏《ぷ》した。

「なにをそんなに疲《つか》れてるんだ？」

もうため息をつく気力すらない優真の頭上から、拓人が話しかけてくる。

「ちょっとね。昨夜、色々あったから……」

密《ひそ》かに翔惟のゴミ箱からゲットしておいた、母親に似て綺麗な顔をしていると書かれてあった宝物のメモは、昨夜衝動《しょうどう》的に破り捨ててしまった。

あれは自分に対する誉《ほ》め言葉なんかじゃない。

自分を素通《すどお》りして母親が賛美されたものだとわかったら、むしょうに腹が立ってきて……。

(母さんに嫉妬《しっと》なんかしたくないのに)

でも、自分でも止められない。

胸の中に溜《た》まった熱いもやもやが冷静な思考の邪魔《じゃま》をする。

「なにがあったかぐらいなら聞いてやってもいいぞ」

「ありがと。でもいいよ。そのせいで拓人くんが嫌《いや》な気分になったら嫌だし……」

「今日は随分《ずいぶん》と殊勝《しゅしょう》だな」

「まあね。自分の狡《ずる》さについて、僕も色々と反省したんだ。——親友を行き所のない気持ちのゴミ箱にしちゃ駄目《だめ》だよなぁとかって……」

都合よく吐《は》き出すだけ吐き出して、助言には一切《いっさい》耳を貸さない。

そんな一方通行な関係はやっぱり駄目だ。

今までごめんね、と突っ伏したままで謝ると、頭の上で小さく笑う声が聞こえた。

次いで、ガタガタッと椅子《いす》を動かす音、そしてすぐ側に拓人が座った気配がする。

「ゴミ箱は嫌だがクッションにならなる。話すことで楽になるんなら、俺に甘えていいぞ」

親友の窮地《きゅうち》は放っておけない、と拓人が男前なことを言う。

「ほんとにいいの？」

「ああ。ただの惚気《のろけ》を聞かされるより全然ましだし」

そういうことなら甘えさせてもらおうと、優真は突っ伏したまま、ぼそぼそと週末の出来事を話した。

自分が母親の身代わりだったのだということも……。

「なるほど、身代わりか……」

何事か考え込んでいた拓人は、不意に優真の耳に唇を寄せるとこっそり囁《ささや》いた。

「おまえの母親、股間にナニがついてるのか？」

「…………はあ？」

あまりにも唐突《とうとつ》な質問に、優真は一瞬《いっしゅん》耳を疑う。

「あ、あるわけないよ。僕と和くんは自然分娩《ぶんべん》で母さんから産まれたんだから」

「だったら、おまえじゃ身代わりにはなれない」

「え？」

「熱と酔《よ》いに浮《う》かされた叔父《おじ》さんが、ずっと好きだった人の面影《おもかげ》を抱《だ》いたんだとおまえは思ってるんだろ？　でも、それはあり得ない。もしそうなら、女性の身体にはついていないものに手が触《ふ》れた瞬間に、心底たまげて正気に返るだろうからな。――おまえが実は女だったっていうんなら話はまた別だが」

「……ちゃんと男だよ」

「だよな。……ああ、そこに直接触《さわ》られなかったって可能性もあるか」

どうだ？　と、この話題にはあまりに不似合いな生真面目《きまじめ》な顔で聞かれて、優真は真っ赤になりながら首を横に振《ふ》った。

「ちゃ、ちゃんと触られたけど……」

しっかりそこに触れられたし、膨《ふく》らみのない真っ平らな胸にも触られた。

夢うつつとはいえ、自分が抱いたのが女だなんて勘違《かんちが》いを大人の翔惟がしているはずはない。

「だったら違うな。……母親の身代わりとして、故意に使われた可能性はあるが」

「故意に？」

同じ顔なら男でも構わないと利用された？

（翔惟さんがそんなことするかな？）

するわけない、とすぐに答えが胸の奥から浮かんで来る。

でも、傷の手当ての後、翔惟がキスしようとしてきたのは事実で……。

（どうなってるんだろう？）

考え込んでいる優真に、「どうするんだ？」と拓人が聞いてきた。

「どうするって？」

「万が一、叔父さんがおまえを身代わりにしようとしてるなら、それでもいいと開き直って、つき合う手もあるんじゃないか？」

「……拓人くんが、そういうことを言うとは思わなかった」

むしろ、そんなプライドのない真似《まね》をしたら絶交だと宣言されるかもと思っていた。

「ちょっとだけ、それでもいいかなって思わないでもないんだけど……」

どうせ今までずっと誰《だれ》かの陰《かげ》に隠《かく》れるようにして生きてきたんだから、身代わりになることで大好きな人を手に入れることができるのなら、それでもいいんじゃないか？

そんな風に思う度《たび》、胸がもやもやと熱くなって息苦しくなる。

それじゃ駄目だ、そうじゃないだろうと叫《さけ》ぶ声が胸の中から聞こえてくる。

胸の中に溜まった熱いもやもやが、外に出せと暴れているようで……。

（……なんか……すっごく苦しい）

どうにも我慢《がまん》できなくなった優真は、思い切って顔を上げると、胸の中から溢《あふ》れてくる熱いもやもやを言葉にして吐き出した。

「身代わりは嫌だ。僕は僕を好きになって欲しい」

(――あっ、すっきり)

その途端、胸のつかえが取れたみたいに、ふうっと気持ちが軽くなる。

胸の中が、ずっともやもやと熱くて息苦しかったのが嘘《うそ》のようだ。

(我慢してるつもりはなかったけど……)

遠慮《えんりょ》するのが当たり前で、思ったことをそのまま口に出す習慣がなかっただけ。

それが習慣になりすぎて、自分の思いそのものを自分で自覚することさえできずにいたのかもしれない。

(やっぱり僕、鈍臭《どんくさ》いんだ)

自分の気持ちにすら気づけないのだから……。

思わず苦笑《くしょう》した優真の背中を、パンッと拓人が手の平で叩《たた》いた。

「よし、よく言った！　それでこそ俺の親友だ」

嬉《うれ》しそうな声に視線を向けると、いつも生真面目な顔をしている拓人が珍《めずら》しくにっこりと嬉しそうに笑っている。

「そう思うんなら、次はそれを直接伝えるんだな」

「……直接って？」

「わかってる癖《くせ》にとぼけるな。おまえが向かい合うべき相手はひとりしかいないだろ」

小粒《こつぶ》でピリリと辛《から》い親友は、話をする相手を間違《まちが》えるなよと言い残して、さっさと自分の席に戻《もど》って行ってしまった。

(やっぱり、伝えなきゃ駄目なんだ)

ぐずぐずと悩《なや》み続け行動することを避《さ》けて逃《に》げ続けて、ずっと答えを先送りにしてきた。なんだかんだと言い訳してきたけど、結局告白してふられることが嫌だったから逃げていただけだ。

自分の想《おも》いを拒絶《きょぜつ》されるよりは、こっそり自分の中だけで幸せな空想をして、ひっそり恋心《こいごころ》を温めていたほうが幸せだと思っていたから……。

でも、もう幸せな空想はできなくなってしまった。

あの幸せな夜を体験してしまったことで、空想程度ではもはや幸せな気分は味わえなくなって、優真の夢の世界はすっかり色あせた。

自分を見て欲しい、直接触れて欲しいという欲《よく》も出た。

胸の中で熱く渦巻《うずま》いているこの想いを溜め込み続けて心が焼けただれてしまう前に、ちゃんと伝えるべき相手に言葉にして伝えたい。

その結果、この想いが砕《くだ》けることになったとしても……。

(が、頑張《がんば》ってみよう)

一日かけてなんとか勇気を振り絞《しぼ》った優真は、その日、急いで家に帰った。

ふたりきりで話せる機会を待っていたら、この弱々しい決意は萎《な》えてしまうかもしれない。

だから、今日帰ったらすぐに翔惟の部屋に直接押しかけることにしたのだ。

仕事中かもしれないが、清書を手伝っている関係で最近の翔惟が前倒《まえだお》しで仕事をしていることはわかっているから、少しぐらい邪魔《じゃま》をしても問題はないだろう。

家に帰ったら、まずまっすぐキッチンに行ってコーヒーを淹《い》れ、それを届けるのを口実にして翔惟の部屋のドアをノックする。

そして翔惟が、亡《な》くなった母親のことをどう思っているのか、いったいどういうつもりで自分にキスしようとしたのかを最初に聞いてみる。

(でも、どうやって話を切り出したらいいんだろう)

段取りを考えるだけでも、妙《みょう》に緊張《きんちょう》して心臓がばくばくしてくる。

家についた優真は、予定通りまずキッチンへと向かった。

すると、自分の部屋で仕事をしているとばかり思っていた翔惟が、ホワイトボードの前に立っていた。

「おかえり、ちょうどいいところに帰ってきたな」

「あ……ただいま帰りました」

(だ、段取りと違《ちが》うよ)

どうしよう。予定を変更《へんこう》してコーヒーを淹れるからと引き止めて、ここで話をしたほうがいいんだろうか？　でも、ここだと和真が帰ってきたら話を中断しなきゃならなくなるし……。

一瞬にして、優真の脳内でぐるぐると思考が巡《めぐ》る。

だが結局、それらは全部無駄《むだ》になった。

「急な打ち合わせが入って出掛《でか》けなきゃならなくなった。打ち合わせの後、たぶん飲みに行くことになるから、帰りは深夜か明け方か……。俺の帰りは待たずに先に寝《ね》てなさい」

「はい。……でも、翔惟さんお酒は飲めないんですよね？」

「飲めなくても、酔っぱらいの話し相手にはなれるからね」

戸締《とじ》まりをちゃんとするんだぞと言い置いて、翔惟は慌《あわ》ただしく出掛けて行く。

（……せっかくその気になってたのに）

緊張感《きんちょうかん》がほどけて、一気に力が抜《ぬ》けて立っていられなくなった。

優真はため息をつきながら椅子《いす》に座り、キッチンのテーブルにぺたっと突《つ》っ伏《ぷ》した。

明日もまたこんな風に緊張しなきゃならないのだと思うとなんとも気が重い。

でもここで挫《くじ》けるわけにはいかないのだ。

おさらいとばかりに突っ伏したまままもう一度段取りを思い出していると、「たっだいまーっ！」と和真が元気に帰ってきた。

「おかえり、和くん」

翔惟が打ち合わせに出掛けたことを伝えると、和真はにっこりして目を輝《かがや》かせた。

「だったら俺、ちょっと遊びに行ってくる」

「遊びって、どこに？」

「友達とカラオケ。夕食はいらないから」

他校の女生徒と一緒《いっしょ》に遊ぶ予定があるからと誘《さそ》われていたのだと和真が言う。夜遊びがばれたばかりだから自重していったんは断ったのだが、翔惟がいないのなら平気だろうと……。

「優ちゃん、翔惟さんには内緒《ないしょ》だよ」

「内緒って……。帰りは何時くらいになりそうなの？」

「さあ？　すっごく遅《おそ》くなるようだったら、窓から入るから」

それはまずいだろうと止めようとしたが、和真はもう止まらなかった。

「あんまり遅くなっちゃ駄目《だめ》だよ。あと、お酒は絶対に飲んじゃ駄目だからね」

着替《きが》えた和真が浮《う》き浮きと玄関《げんかん》から出て行くのを追いかけながら注意すると、和真は「わかってるって」と軽い調子で答えて出て行ってしまった。

「……もう、ほんとにわかってるのかな。――あ～あ、今日の夕食はひとりか」

キッチンに戻って、また椅子に座る。

よくよく考えてみると、この家に来て以来ひとりで夕ご飯を食べたことはなかった。

翔惟が打ち合わせでいないときでも、必ず和真はいてくれたからだ。

(和くん、けっこう翔惟さんに気を遣ってたのかな)

休日に遊びに行くときなど、以前は夕食に遅《おく》れることがあったのに、ここに来てからはちゃんと帰ってくるようになっていた。そんなストレスが溜《た》まっていたから、梨華の夜遊びの誘いが余計に魅力的だったのかもしれない。

ってことは、翔惟に引き取られていなかったら、今よりもっと気楽に友達と遊び歩いていたってことで、下手すると優真はずっとひとりで寂《さみ》しい夜を過ごしていたのかもしれなかった。

（翔惟さんが一緒に暮らそうって言ってくれて、ほんとよかった）

この先、たとえ和真の帰りが遅くなることがあっても、翔惟が一緒にいてくれるからひとりになることはない。

そんなことを考えてほっとしたせいか、また臆病《おくびょう》な考えが脳裏《のうり》をよぎった。

（やっぱり、聞かないほうがいいのかも……）

下手に聞き出そうとしたせいで、翔惟と気まずくなるのが怖《こわ》い。

それぐらいなら、このまま黙《だま》っていたほうがいいのかもしれない。

母親を亡くしたあの深い悲しみが日に日にゆっくりと薄《うす》れていっているように、母親の影《かげ》として扱《あつか》われる悲しみも、薄れて平気だと思えるようになるかもしれないし……。

一瞬《いっしゅん》、弱気になってそんな誘惑《ゆうわく》に駆《か》られたが、いや駄目だと気を取り直した。

ずるずると悩み続けるだけの虚《むな》しい日々を過ごすのはもう止《や》めたい。

それに、この悲しみは翔惟を好きだからこその感情なのだ。

悲しみが薄れていくってことは、好きだっていう気持ち自体も薄れていくってことになるんじゃないだろうか？

それは嫌《いや》だ。

そんなことになったら、本当に虚しい。

「ああ、もうだめだめ……。暇《ひま》だからぐずぐず考えるんだよ」

拓人の言葉を思い出した優真は、とりあえずなにかやることを見つけようと立ち上がった。

夕食の支度《したく》は家政婦さんが終えているし、下手に掃除《そうじ》なんかしたら家政婦さんに対する嫌味《いやみ》になってしまうかもしれない。庭の手入れも梅雨《つゆ》明けまでしなくていいと言われた。優真には和真と違って、思い立ってすぐに遊びに行けるような場所もないし友達もいない。

そこまで考えて、ふと自分にも行ける場所があるのを思い出した。

「ハガキの宛名《あてな》書き頼《たの》まれてたんだっけ」

バイトはしないと約束したからすっかり忘れていたけど、バイトではなく心配をかけたお詫《わ》びのつもりで手伝うのなら平気だろう。

もし宛名書きが全部終わっていたのなら、なにか他《ほか》の雑用を手伝えばいい。

翔惟も和真もいない家で時間を持て余してひとりでぐずぐず考えて過ごすより、三十分でも一時間でも居酒屋の雑用を手伝ったほうが有意義だし絶対に精神衛生上もいい。

優真は私服に着替えると、身ひとつで自転車に乗って出掛けた。

いつものように自転車を裏口の自転車置き場に停《と》めて顔を出すと、予告もなしに訪ねてきた優真に宏美は驚《おどろ》いた顔をした。でも、すっごく暇だからちょっとだけ手伝わせて欲しいと事情を話すと、そういうことなら助かるわと快く応じてくれる。

開店間際《まぎわ》の慌ただしい時間帯だったから、お客さんのリストとハガキを手に、宏美達の自宅にあたる三階に上がり、静かな部屋でひとり黙々《もくもく》と作業を開始した。

渡《わた》された筆ペンでハガキに丁寧《ていねい》に宛名を書き、リストにチェックを入れる。

一枚一枚丁寧に書いているから時間はかかるが、優真はこういう手順が決まった作業が大好きだから苦にはならない。

黙々と作業を続けているうちにふと気がつくと、予定より随分《ずいぶん》と時間が経《た》ってしまっていた。

慌てて帰ろうとしたのだが、お手伝いのお礼にご飯を食べていってと引き止められた。

母親が病気になったばかりの頃《ころ》、まだ優真もあまり料理ができなくて、よくここの料理を差し入れてもらっていたものだ。そういう意味で、ここの料理は優真にとって第二の母の味だから、この誘いはとっても魅力的だった。

（どうせ帰ってもひとりなんだし、ここで食べてっちゃえ）

優真は、調理場の隅《すみ》に用意された夕食をいただきながら、作業の手を休めずに楽しげに話しかけてくれる料理人の村田と、のんびり楽しい一時を過ごした。

☆

「実際、おまえがやる気になってくれて、こっちは大喜びだよ」

居酒屋の個室で夕食がてら打ち合わせの最中、長く一緒に仕事をしてきた気心の知れたプロデューサーが翔惟に向かって嬉《うれ》しげに言った。

「やる気って……。逆でしょう。仕事は減らしてるんですから」

「量じゃない。質の問題だ。以前のおまえはこっちが持ちかけた仕事を、便利屋よろしくそっくりそのまま受けてばかりいただろう。自分から、あれをしたいこれをしたいと言ったりしなかった。こっちとしては都合がいいが、流されるまま仕事をしてたんじゃ楽しくないんじゃないかと心配してたんだ。それがどうだ。大きな仕事を一本入れたいから、仕事を減らしたいときたもんだ。これは、職業人としてはいい傾向《けいこう》だよ」

「そんなもんですかね」

少し酒が入ってご機嫌《きげん》なプロデューサーの言葉を、翔惟は曖昧《あいまい》に流した。

正直言うと、自分でも自覚はあったのだ。

脚本家《きゃくほんか》という仕事は、知人とのつき合いではじめたようなもので、なんでも適当にこなせる力があるから、だらだらとこの仕事を続けてきただけ。

特になにか夢や欲《よく》があるわけじゃなかった。

手に入れることのできない眺《なが》めるだけの虚しい恋《こい》に長く囚《とら》われている間に、いつの間にか自分の人生さえも傍観《ぼうかん》者的なスタンスで眺めるようになってしまっていたようだ。

「心境の変化のきっかけはなんなんだ?」

「自分じゃわかりませんよ」

曖昧に流したものの、これも自覚はあった。

(あの子達を引き取ったからだろうな)

正確には、優真を……。

一緒に暮らすようになって、以前より距離《きょり》が近づいた。

叔父《おじ》としてもひとりの社会人としても、あの子に情けない姿を見られたくはなかった。

だから、自分の今の在り方を見直す気にもなった。

大切な子にいいところを見せたいだなんて、我ながら子供じみた感情だとは思うが、事実なのだから仕方ない。

打ち合わせが終わり、本格的に飲みに入ろうとしていたプロデューサーの携帯《けいたい》が鳴る。

「悪い。飲みは中止だ。ちょっとトラブったみたいだ」

メールだったようで、画面を見たプロデューサーが舌打ちしながら翔惟に謝る。

「飲むのはあなただけ。俺は別に構いませんよ。——っていうか、むしろ早く帰れたほうがいいんです。甥《おい》っ子達が夜中にひょいひょい窓から逃《に》げ出すから見張ってないといけないんで」

なんだそれ、とプロデューサーがゲラゲラ笑う。

「例の引き取った子達か。ま、高校生ぐらいなら仕方ないって。変に閉じこめようとすると、反抗《はんこう》して変なところにぶっ飛んでいっちまうから気をつけろよ」

「はいはい」

二児の父親であるプロデューサーの助言に曖昧に頷《うなず》いて、翔惟は席を立った。

ふたりともまだ起きている時間帯だろうからと途中《とちゅう》で和菓子《わがし》のお土産《みやげ》など買って、待つ人がいる家に帰るのもいいものだと、ちょっと浮き浮きしながら帰宅する。

そして……。

「……ふたりともいないのか」

和真だけならともかく、優真までいない。

浮《う》き浮きしていただけに、明かりが消えシンと静まり返った家はけっこうなダメージだ。

どこに行ったのかとホワイトボードを見た翔惟は、やがて眉間《みけん》に深く皺《しわ》を寄せると、無言のまま鍵《かぎ》を持って家を飛び出していた。

☆

優真は食後のお茶までしっかりいただいてから、ご馳走様《ちそうさま》でしたと挨拶《あいさつ》して裏口から出た。

その途端《とたん》、軽く首を傾《かし》げる。

「……あれ？　僕の自転車……」

確かに停《と》めたはずの場所に自転車がない。

邪魔《じゃま》になるかして誰《だれ》かが移動でもさせたのだろうかと、周囲をきょろきょろと見渡《みわた》してみたが、やっぱりなかった。

(盗《ぬす》まれたのかな。でも、ちゃんと鍵かけたのに……)

いつもとちょっと違《ちが》う行動を取った途端のこの不幸に、優真はがっくり落ち込んだ。

従業員用の駐輪場《ちゆうりんじよう》で自転車を盗まれたとあっては、宏美夫妻も責任を感じてしまうかもしれないから、居酒屋に戻《もど》る気にはなれない。

（お財布《さいふ》と携帯くらいは持って来ればよかった）

身ひとつで出てきたから、あるのは家と自転車の鍵だけ。

しょうがないから歩いて帰るかと、俯《うつむ》き加減《かげん》でとぼとぼと暗くて細い路地を表通りに向かった優真は、途中で不意に黒い人影《ひとかげ》に通せんぼされて驚いて立ち止まった。

（なっ、なに？）

びっくりして声も出せず、足が竦《すく》んで動けないでいる優真を見て、黒い人影は小さく笑った。

「なぁにびびってんだよ」

「……その声、信くん？」

「そ、俺」

被《かぶ》っていた黒いフードを外して、信がにやにや笑っている。

（和くんは、信くんに会ったら回れ右してダッシュで逃げるぐらいのことはしろって言ってたっけ……）

この状況《じょうきょう》でさすがにそれはできそうにないが、なんとなく後ろを振《ふ》り向いた優真は、そこにもうひとり信と似たような雰囲気《ふんいき》の男がいて、こっちを見ているのに気づいてゾッとした。

（な、なんだろう。なんかすっごく嫌《いや》な感じ……）

和真から信に関する怖《こわ》い話を聞いたせいかもしれないが、この状況はなんだか不安すぎる。

財布を持ってないからお金を取られる心配だけはないけど。

「ま、またここで会うなんて凄《すご》い偶然《ぐうぜん》だね。信くん、ここら辺に住んでるの?」

とりあえず人通りのある表通りに出ようと思って、信に話しかけながら歩き出したのだが、信は通せんぼしたまま動かない。

「あの……信くん?」

「偶然じゃない。優真を待ってたんだ」

困惑《こんわく》する優真に、信はやっぱりにやにや笑いかけた。

「ここでバイトしてる奴《やつ》に聞いたんだけどさ。おまえ、親父《おやじ》の借金で困ってるんだってな?」

「借金?」

なんのこと? と首を傾げる優真に、とぼけなくていいからと信が言う。

「俺なら、こんな居酒屋よりもっといい稼《かせ》ぎ口を紹介《しょうかい》してやれるぜ」

「稼ぎ口って……」

鈍臭《どんくさ》い優真も、ここに来て信が勘違《かんちが》いしていることにやっと気づいた。

人見知りするほうだから、この居酒屋に来ても優真が話すのは宏美夫妻だけで、従業員やバイトさん達とは会釈《えしゃく》する程度で直接面識がない。そのせいもあって、仕事中毒で世間的な常識のない父親のことを話す優真と宏美夫妻の会話をところどころ漏《も》れ聞いた彼らが、妙《みょう》な風に誤解してしまったのだろうと。

(生活費も入れずに連絡《れんらく》を寄こさないとか、自分の好きなことしかしない駄目《だめ》な人だとかって言ってたから……)

事情を知らない人がそんな言葉を傍《はた》で聞いていたら、優真の父親を正真正銘《しょうしんしょうめい》の駄目人間だと思うのも当然だ。しかも、バイトの件は誰にも内緒で夜だけ働かせてくださいと優真がしつこく頼《たの》んでいたのも、お金に困っているという誤解を生じさせる要因になったのに違いない。

「あの……信くん、なにか誤解してない？」

「心配するなって、学校には黙《だま》っててやるからさ。そのほうがこっちも都合がいいしな。——とにかく、ちょっと一緒《いっしょ》に来いよ。上の人がお待ちかねなんだ」

「え、あの……ちょっと待ってよ」

近づいてくる信から逃げるように一歩後ろに下がったら、後ろで黙って立っていた男に二の腕《うで》を摑《つか》まれた。

「ぐずぐず言わずに黙ってついてくりゃいいんだよ」

「ひっ」

怖い声で耳元で凄まれ、思わず変な声が出た。

暴力や恫喝《どうかつ》とは縁《えん》のない世界で生きてきたから、未知の恐怖《きょうふ》に身体《からだ》が竦む。

「そう怖がらなくても大丈夫《だいじょうぶ》だって。優真なら稼ぎ頭《がしら》になるだろうからけっこう大事にしてもらえるぞ」

(稼ぎ頭って、なに？)

凄くやばい状況なのはわかるが、恐怖で竦んだ身体をうまく動かせない。

「さ、一緒に行こうな」

信はもうひとりの男とは反対側の腕を摑んで、優真を無理矢理歩かせた。

（ど、どうしよう）

自分より背の高い男ふたりに両側から腕を摑まれて歩かされていては、逃げるのは無理だ。声を出そうにも、恐怖のあまり呼吸さえうまくできない有様ではその力が出ない。

（すぐ側に宏美さん達がいるのに……）

表通りに連れ出された優真は、辛《かろ》うじて動く首を動かして、誰か知り合いが顔を出してくれないものかと居酒屋の出入り口に視線を向けた。

だが、ドアが開く気配はない。

このまま変なところに連れ込まれたら自分はどうなるんだろうと考えただけで、怖くて身体が小刻みに震《ふる》えてくる。

飲み屋街を歩くサラリーマン達の中には、両側から腕を摑まれて無理矢理歩かされている優真の姿を見て怪訝《けげん》そうな顔をする人もいたが、両側のちんぴら風のふたりに凄まれると怖がって視線をそらしてしまう。

「おらっ、ちゃんと自分で歩け」

足が萎《な》えてうまく動かせずにいる優真を、男が頭ごなしに叱《しか》る。

臆病《おくびょう》な優真にはこれはもう逆効果で、足の力が抜《ぬ》けへなへなとへたり込みそうになった。

「ちょっ……優真、大丈夫だって。おまえにとって悪い話じゃないんだからさ」

（嘘《うそ》だ）

信が猫撫《ねこな》で声で言ったが、そんなの信じられるわけがない。

（どうしよう）

悩《なや》んでないで行動あるのみ、という親友の言葉が脳裏《のうり》をよぎったが、恐怖のあまり身体がうまく動かせないのだから行動なんてできっこない。

おろおろしていた優真は、ふと車道のほうから名前を呼ばれたような気がして、そっちに視線を向けた。

（うそ。翔惟さんだ）

歩道沿いに停められた見慣れた車から、翔惟が降りてくるのが見えた。

（……夢？　それとも幻覚《げんかく》とか……）

こんなに都合のいい現実があるわけがない。

あまりの恐怖から幻覚が見えているのかもと疑いかけたが、皮肉にも両側から強く摑まれた腕の痛みが、これが現実だと教えてくれる。

翔惟さんと名前を呼びたいのに、やっぱり声は出せなくて唇《くちびる》だけが意味もなく震えた。

駆《か》け寄ってくる翔惟に気づいた男が、優真の腕を放してその前に立つ。

「なんだよ、あんた」

凄む男を完全に無視して、翔惟は優真だけを見ていた。

「優真、こいつら、友達か？」

声を出せない優真は、ぷるぷると小刻みに首を横に振った。

「わかった。——その子の腕を放せ」

頷《うなず》いた翔惟が厳しい顔で一歩前に出て、優真に向けて手を差《さ》し伸《の》べる。

(あそこに行きたい)

その手を見た瞬間《しゅんかん》、優真は切実にそう思った。

あれは、他《ほか》の誰《だれ》でもなく、自分だけに向けて差し伸べられた手だ。

だから、どうしてもあの手を摑みたい。

その強い想《おも》いが、優真の身体に少しだけ力を与《あた》えた。

(こ、行動しなきゃ……)

なけなしの勇気を振り絞《しぼ》って、腕を摑んでいた信を突《つ》き飛ばす。

翔惟に気を取られていた信が、思いがけない優真の反撃《はんげき》にバランスを崩《くず》してよろける。

その拍子《ひょうし》に腕を摑む手の力が弱まり、優真は首尾《しゅび》よく信から逃《のが》れることができた。

「翔惟さん」

かすれる声で名前を呼びながら、ただまっすぐ翔惟に駆け寄って行く。

翔惟の姿しか見えていなかった優真は気づかなかったが、逃《に》げようとする優真を捕《つか》まえようとして信の仲間の男が手を伸ばしていた。

だが、それに気づいた翔惟が、それより先に優真の手首を摑んで強く引き寄せて守るように抱《だ》き留めた。

「よし、よく頑張《がんば》ったな、優真」

ぽんぽんと背中を軽く叩《たた》かれ、優真はその手の優《やさ》しさに心から安堵《あんど》した。

(もう大丈夫だ)

ほっとした途端《とたん》、足がまたガタガタ震えてきて思わず翔惟の腕にしがみつく。

「おっさん、そいつ返してくんない？　下手にいい格好すると後悔《こうかい》することになるぞ」

「返すわけにはいかないな。俺はこの子の保護者なんでね」

翔惟と男との会話に、安心してる場合じゃないと優真は再び緊張《きんちょう》した。

(僕のせいで、翔惟さんが怪我《けが》するようなことになったら……)

そんなの絶対駄目だ。

どうしよう、なにか僕にできることは……ときょろきょろ周囲を見渡《みわた》していると、「おまわりさん、こっちこっち。早く！」と、数人のサラリーマン達が、自転車でパトロール中の警官を大声で呼び寄せているのが見えた。

それは、さっき信達に凄《すご》まれ視線をそらしたサラリーマン達で、逃げたのではなく助けを探してくれていたらしい。

(……よかった)

これで本当に大丈夫。

翔惟にも迷惑《めいわく》がかかることはない。

安心した優真は、バフッと翔惟の胸に顔を押しつけた。

後ろ暗いことでもあったのだろう。

優真の腕を掴んでいた青年達は、警官の姿を見た途端《とたん》慌《あわ》てて逃げて行ってしまった。

「大丈夫ですか？　怪我は？」

「俺はなにも……。――優真、大丈夫か？」

翔惟は腕の中の優真に問いかけたが、優真は翔惟の胸にぎゅっとしがみついたまま顔を上げようとしない。

「痛いところないか？　叩かれたりしなかったか？」

仕方なく、耳元でそう問いかけると、返事の代わりにぷるぷると首を横に振《ふ》るばかり。

（よっぽど怖《こわ》かったんだな）

臆病な優真にとって、さっきのあの状況《じょうきょう》は刺激《しげき》が強すぎたのだろう。

「さっきの奴《やつ》らとは知り合い？　それとも急に絡《から》まれたのかな？」

その後も警官にいくつか質問されたが、優真は翔惟にしがみついたまま反応を返さない。

これは駄目《だめ》だと判断した翔惟は、とりあえず優真が落ち着いてから事情を聞くことにしてもらい、警官には引き取ってもらうことにした。

「後日、また伺《うかが》うことになるかもしれませんが……。ありがとうございました」

警官と、心配そうに様子を窺《うかが》っていたサラリーマン達に礼を言ってから、優真と一緒《いっしょ》に車に乗り込む。

優真は意外にもすんなり助手席に座り、自分でシートベルトを締《し》めた。

大丈夫なんだろうかと横顔を窺うと、伏《ふ》せられたその目元は妙《みょう》に赤くなっている。

(……泣いてたのか)

それが恥《は》ずかしくて、どうしても顔を上げられなかったのだろう。

(それで正解だ)

こんな色っぽい顔は自分だけが見られればいい。

他の誰《だれ》にも見せたくない。

そんな風に考えてしまう自分に、翔惟は苦笑いを零《こぼ》した。

(どうしようもないな)

帰宅した後に見たホワイトボードには、優真の几帳面《きちょうめん》な字で『宏美さんのところに行ってきます』と書いてあった。

それを読んだ瞬間、翔惟が感じたのは怒《いか》りだった。

またなにか悩みでもあって、自分以外の人間のところに救いを求めて行ったのか？

なぜ、この自分に頼《たよ》ってくれないのか、と……。

そして怒りのままに車の鍵《かぎ》を手に家を出た。

この怒りの正体が独占欲《どくせんよく》だと自覚したのは、居酒屋の前に到着《とうちゃく》した後だ。

衝動《しょうどう》のままに恋《こい》する男として行動してしまった自分を自覚して酷《ひど》くバツが悪かったが、このまま帰る気にもなれなかった。

叔父《おじ》としての立場に戻《もど》って、優真を迎《むか》えがてら、いつも世話になっていることを宏美に感謝しにきたことにしようと考えて、とりあえず駐車場《ちゅうしゃじょう》を探そうと車窓からあたりを見渡したとき、優真の姿を見つけた。

見知らぬ青年達に両側から腕《うで》を摑《つか》まれ、怯《おび》えきった顔で歩かされているその姿。

その瞬間、翔惟が抱《いだ》いた感情はまたしても怒りだ。

——人のものに触《さわ》るな。

そんな風に、優真をまるで自分の所有物のように感じている自分に驚《おどろ》き、そして呆《あき》れ、最後にこれはもうどうしようもないと諦《あきら》めた。

(この子は俺のものだ)

そう確信してしまっている自分がいる。

この先、優真が他の誰かと恋仲《こいなか》になることを自分は許さないだろう。

そんなことになったら、独占欲に駆られるまま、たとえ力ずくでも優真を自分のものにしようとするに違《ちが》いない。

そんな形でいずれ傷つけるぐらいなら、優真がまだ誰のものでもないうちに完全に手に入れてしまったほうがいい。

たとえ、どんな手段を使ってでも……。

そう決めた途端、奇妙《きみょう》に心が浮《う》き立った。

罪悪感をまったく覚えない自分に、翔惟は少し驚いていた。

(……姉さん、悪いな)

だが、姉に対してだけは、少しばかり罪悪感を覚える。

『私にもしものことがあったら、私の代わりに子供達を守ってあげてね』

そう頼《たの》まれていたというのに、優真の意思を確認《かくにん》するより先に、手に入れることを決意してしまっているのだから……。

と同時に、妙に安堵している自分もいる。

(本当に、もう解放されたんだな)

不毛なだけの虚《むな》しい恋から……。

姉に対するこの罪悪感は、優真の母親に対して感じるものであって、恋した相手に対してのものでは決してない。

翔惟には、もはやなんの迷いもなかった。

☆

家に連れ帰ってもらって、キッチンで翔惟が淹《い》れてくれたコーヒーを二口ほど飲んだ。

その途端、勝手にふうっとため息が零れて、肩《かた》がちょっとだけ下がる。

「少し落ち着いたか？」

優真は無言のまま頷《うなず》いた。

「あの……どうしてあそこにいるってわかったんですか？」

「あれに書いてあったからな」

翔惟がホワイトボードを指差す。

（そっか……。そういえば書いてってたんだっけ）

いつもの癖《くせ》で書いてしまった後、まずいかなといったん消そうと思ったのだが、どうせ翔惟より先に帰って来るから大丈夫《だいじょうぶ》だろうと思って止《や》めたのだ。

外出先をホワイトボードに書くのは、一緒に暮らしはじめたばかりの頃《ころ》に翔惟とはじめてかわした約束だったから、どうしても破りたくなくて……。

「で、和真はどこだ？」

思わず首を竦《すく》めた優真は、仕方なく本当のことを話した。

「まあ、高校生だし、友達と遊びたいのも無理ないか……。とりあえず、門限は決めないとな」

「……はい」

怒《おこ》っていないし、そんなに心配もしていないようだ。

（和くんなら、僕と違ってあんな簡単に捕《つか》まったりしないからかな）

和真なら、誤解されていると気づいた時点でちゃんとはっきりしゃべって誤解を解けるだろうし、捕まる前に逃《に》げていたかもしれない。万が一捕まったとしても、声も出せずに引きずられるままなんてみっともないことにはならないだろう。

自分の情けなさに、優真は目を伏せてため息をついた。

「そういえば、自転車を積んでくるのを忘れたな」

明日取りに行くかと言う翔惟に、優真はその必要がないことを伝えた。

「盗《ぬす》まれた？　ってことは、あいつら、けっこう本気だったんだな」

優真本人を連れて行った後に自転車が残っていたのでは、居酒屋の関係者に不審《ふしん》がられる。それを避《さ》ける為《ため》に、あらかじめ先に自転車を移動させておいたのだろうと翔惟が言う。

「いったいどうしてあんな奴らに絡まれたんだ？　いや、その前にどうしてまたあそこに？まだバイトを諦めてなかったのか？」

「バ、バイトはちゃんと諦めました。今日はひとりで暇《ひま》だったから、ハガキの宛名書《あてなが》きのお手伝いに行っただけなんです」
一、二時間で帰ってくるつもりが、つい作業に夢中になって時間が経《た》つのを忘れたと説明すると、翔惟はこの間の草むしりの件を思い出したようですんなり納得《なっとく》してくれた。
「信くんは、なんか僕がお金に困ってるって勘違《かんちが》いしたみたいで……」

「信くん？　あいつら、知り合いだったのか？」

「片方だけですけど。でも、子供の頃の知り合いで、今はつき合いはないんです」

偶然《ぐうぜん》、以前居酒屋の前で和真と一緒のときに会ったことや、和真から忠告されていたこと、そして自分が父親が作った借金で困っていると信が勘違いしていたことを優真が話すと、翔惟は「完全に目をつけられてたな」とため息をついた。

「たぶん、次に優真が来たら知らせろとでも、その間違った情報を流したバイトにでも頼んでたんだろう」

宏美達とも相談するから、安全を確認するまではあそこに近づくなと言われて、優真は素直《すなお》に頷いた。

「あのまま連れてかれてたら、僕、どうなってたんでしょう?」

クスリを売りつけられそうになった子がいると和真が言っていたけれど、困ったことに優真はまったくお金を持っていなかった。

お金がないせいで逆ギレされて殴《なぐ》られたりする可能性もあったんだろうか?

優真がそんなことを聞くと、翔惟はちょっと困った風に微笑《ほほえ》んだ。

「優真は根本的なところがわかってないんだな」

「根本的って?」

「自分が他人の目にどう見えているか、ちゃんと自覚してるか?」

「……陰気臭《いんきくさ》くて見られたものじゃないんですよね?」

「なんだそれは」

「以前、拓人くんに言われたんです。うじうじしたり落ち込んでるときは陰気臭くて見られたものじゃないって……」

最近ずっとうじうじぐずぐず悩んでばかりいたから、きっとそりゃもう陰気臭い雰囲気《ふんいき》を周囲に振《ふ》りまいていたに違いない。

「親友にしては、随分酷《ずいぶんひど》いことを言う」

「酷くなんかないです。悪意はないし、拓人くんは正直で絶対に嘘《うそ》を言わない人だから、はっきり言ってもらえると色々と参考になるんです」

親友を悪く思われたくなくて必死で訴《うった》える優真を見て、「和真だけじゃなく、親友のことも庇《かば》うか」と翔惟は苦笑《くしよう》した。

「拓人くんは、なんか弟みたいな感じだから……。向こうも僕を似た感じに思ってるみたいですけど」

「身内感覚か……。――とりあえず今は、親友の意見じゃなく優真の答えが聞きたいんだが」

自分の顔が人からどう見えるか客観的に理解してるか？　と翔惟が聞いてくる。

今の優真にとってそれは、あまり答えたくない質問だった。

だから、さっきは拓人の言葉を借りたのだが……。

(仕方ないか)

諦めた優真は、答えを口にした。

「僕のこの顔、母さんに似てるんですよね？」

「そうだ。客観的に見て美人の部類に入る顔なんだ。その手の趣味《しゆみ》のある人間にとっては魅力《みりよく》的な顔なんだよ」

(……ああ、だからか)

稼《かせ》ぎ頭《がしら》になるだろうとか言われた意味がちゃんと理解できた途端《とたん》、本気でゾッとした。

わかったみたいだなと翔惟に言われて、無言のまま頷く。

(いま聞かなきゃ)

幸か不幸か、この母親似の顔が話題の中心になってしまっている。

こんないい機会を逃《のが》したら、またずるずると聞けなくなってしまうに違いない。

覚悟《かくご》を決めて、深呼吸をひとつ。

そして思い切って顔を上げて、口を開いた。

「この顔、翔惟さんはどう思ってますか?」

「え?」

唐突《とうとつ》な質問に翔惟が怪訝《けげん》そうな顔をする。

その顔をじっと見ている勇気が続かなくて、優真は目を伏《ふ》せた。

でも、口は閉じない。

「母さんに似てるから綺麗《きれい》だと思ってくれてるんですよね? だから昨日も、もう少しでキスしそうになったんですか? 母さんに似てなかったら、僕のことなんかもう見てくれなくなっちゃうんですか?」

(ああ、なに言ってるんだろう)

順序立てて冷静に聞かなきゃと、ちゃんと段取りを考えていたはずだった。

でも、胸に淀《よど》んでいた疑問を口に出した途端、段取りはどこかにふっとんでしまったようだ。

これでは、まるでだだっ子がいちゃもんをつけているみたいだ。

嫌《いや》なのに、質問攻《ぜ》めしている自分の声に煽《あお》られるように、感情のテンションが勝手に上がって行ってしまってどうしても止まらない。

「翔惟さんは今でも母さんが好きなんですか？　だからこの顔に惹《ひ》き寄せられたんですよね？　僕、身代わりでキスされるのは嫌です。そんなことされたら、母さんのことを嫌《きら》いになっちゃうかも――」

不意に、大きな手が優真の口を押さえて声を遮《さえぎ》る。

「優真、ストップだ。俺にも話させてくれ」

なにやら慌《あわ》てた様子で翔惟が言った。

いいか？　と聞かれて小さく頷《うなず》くと、その手は離《はな》れて行った。

「その……俺が姉さんを……ってのは、どこで聞いたんだ？」

翔惟は酷く気まずそうだ。

「みんなで食事に行ったとき、梨華さんと話してるのが聞こえちゃったんです」

夢中になって質問攻めにしているうちに勝手に滲《にじ》んでしまっていた涙《なみだ》をぬぐいながら、優真は素直に答えた。

「あのときか……。あれは昔の話なんだよ。梨華にその話をしたのも――っていうか、騙《だま》されて酒を飲まされて、酔《よ》っぱらったところを無理に聞き出されたんだが――あれもかなり前だ」

幼い頃《ころ》、翔惟は自分が養子だということを理解していなかった。

理解したのは、綺麗で優《やさ》しい姉に淡《あわ》い思慕《しぼ》の念を抱《いだ》くようになった頃。

思春期真っ最中だったせいもあって、血が繋《つな》がっていないという事実は衝撃《しょうげき》的だった。

ただの憧《あこが》れとして色あせるはずだった想《おも》いが、もしかしたらという淡い期待が加わったせいで心に深く根付いてしまうほどに……。

「それでも姉は姉だ。物心つくかつかないかの頃から、ずっとそう思って接してきたんだ。それ以上の関係になんかどうしたってなれっこないんだよ。インセスト・タブーってのをしっかり持ってるから、具体的にどうにかなりたいとも思えなかったしな」

だから、ただ見守るだけの恋《こい》を続けてきた。

いずれ新しい出会いがあれば消えてしまうだろうとも思っていた。

「思いの外それが長引いて自分でも困惑《こんわく》していた頃に、梨華に酒を飲まされたんだ。だが、それもうすぎたことだ。――彼女は俺にとって大切な姉で、それ以上の存在じゃない」

翔惟がきっぱりと告げる。

(ほんとかな?)

優真はおずおずと顔を上げた。

「だったら、どうして……あの、僕にキスしようとしたんですか?」

「その質問に答える前に、俺からもひとつだけ質問がある」

「なんですか?」

「優真は、どうしてあの夜、俺のベッドに潜《もぐ》り込んできたんだ?」

「――っ！」

不意打ちの質問に狼狽《うろた》えて、優真は慌ててまた顔を下に向けた。

あの夜って、どの夜？　なんて瞬間《しゅんかん》的にとぼけおおせる器用さの持ち合わせはない。

（ど、どうしよう。やっぱり誤魔化《ごまか》せてなかったんだ）

どうやら、途中《とちゅう》で正気に返っていたはずだという拓人の意見が正しかったようだ。

（……ってことは、えっと……。拓人くん、他《ほか》になに言ってたっけ？）

優真は混乱して、必死に参考になるかもしれない記憶《きおく》をさらった。

その作業が終了《しゅうりょう》する前に、翔惟が優真の顎《あご》を摑《つか》んで強引《ごういん》に顔を上げさせる。

「優真、質問の答えは？」

「え……あの……。ご、ごめんなさい！　癖《くせ》になっちゃってたんです！」

誤魔化すこともできずに本当のことを言ったら、翔惟は拍子抜《ひょうしぬ》けしたような顔をした。

「癖？　どういうことだ」

「だから、あの……母さんの病室でたまに仮眠《かみん》することがあったのが癖になってたみたいで、あの夜も眠《ねむ》くなったときに目の前にあったベッドについ潜り込んじゃったみたいで……」

気恥《きは》ずかしい理由を口にした途端、翔惟はみるみる青くなっていく。

「そういう理由か……。まるっきり事故だったんだな」

なんてこった、と翔惟は両手で頭を抱《かか》えるようにしてうなだれた。

翔惟としては、あの夜の優真が決して嫌がっているようには思えなかったから、少しだけ安心してもいたのだ。

だが、あれが事故だとなると、かなり事情が異なる。

騙してでも優真を手に入れるつもりではいた。

だが、きっかけとなったあの夜の出来事が自分の一方的な暴力だったのならば、手に入れるよりまず先に、優真の心に妙《みょう》なトラウマが残っていないか確かめる必要がある。

この先、ずっと長く一緒《いっしょ》にいる為《ため》にも、肝心《かんじん》の土台に傷を残すことはしたくない。

どうすべきか――と考え込む翔惟を見て、事情がわからない優真はただおろおろしていた。

(ああ、どうしよう。こうなるのが一番嫌だったのに……)

翔惟が責任を感じて苦しんだり、自分を責めたりするのがなによりも嫌だった。

だから、あの出来事を夢にしておこうと一度は思ったぐらいなのに、こんな最悪な形で知らせてしまうなんて……。

おろおろした優真は、救いを求めて意味もなく周囲を見回した。

だが、当然そこには誰《だれ》もいない。

自分で考えて、行動しなきゃいけなかった。

「あの……翔惟さん?」

おそるおそる手を伸《の》ばして、うなだれている翔惟の肩《かた》にそっと自分から手を触《ふ》れてみた。

(……あったかい)

じんわりと手の平に伝わってくる翔惟の体温に、不思議と心が静まっていく。

（ちゃんと告白しなきゃ）

そうすれば、きっと翔惟の苦しみを取り除くことができる。

翔惟が楽になるのなら、その結果がどうなろうと、もうどうでもよかった。

「翔惟さん、僕、あの夜わざと逃《に》げなかったんです」

「わ……ざと？」

翔惟が弾《はじ》かれたように顔を上げる。

優真は、その顔をちゃんと見てしっかり頷いた。

「はい。わざとです。──翔惟さんにあんな風に触《さわ》ってもらえるのが嬉《うれ》しかったから……。だから、わざとじっとおとなしくしてて、夢うつつっぽい翔惟さんがなるべく長く正気に返らなければいいって、そんな狡《ずる》いことを考えちゃったんです」

いったん言葉を句切って、勇気を振《ふ》り絞《しぼ》るべく両手を強く胸に当てた。

「ずっと前から、翔惟さんのことが好きだったから……」

告白した瞬間、ついつい俯《うつむ》いてしまったのは、きっとそうやって逃げるのが癖になっていたせいだろう。

（でも、ちゃんと言えた）

同時に胸に溜《た》まっていた熱いもやもやが完全に消えて、すっきりした気分になる。

「だから、あの夜のことで翔惟さんが自分を責める必要はないんです。……あ、でも、正気のときに母さんの身代わりでキスされるのは嫌ですから」

「身代わりじゃなければいいのか？」

はい、と頷きかけた途端《とたん》、再びもやもやとしたものを胸に感じて、優真は動きを止めた。

（……嫌《いや》だ）

あの夜は、ただ触れてもらえるだけで充分嬉《じゅうぶんうれ》しかった。

でも今は、それだけじゃ嫌だ。

お情けのキスも、ましてや遊びのキスは絶対にいらない。

ちゃんと自分をしっかり見つめてくれて、そして本当に好きでいてくれなければ嫌。

（僕って、こんなに我が儘《まま》だったんだ）

欲しいものがあっても、声高《こわだか》にアピールしたことはなかった。

同じものを弟が欲しがったら、いつも快く譲《ゆず》ってあげた。

でも、これだけは譲れない。

たったひとつ、どうしても譲れない大切な想いが確かに胸の中にある。

「優真、俺にキスされるのは嫌か？」

「嫌です」

優真は顔を上げてきっぱりと言った。

「そう……か」

翔惟は、優真の返事に軽くショックを受けたような表情になった。

（どうして？）

キスを拒《こば》まれてショックを受ける理由なら想像できる。

でも、それが答えかどうかは、ちゃんと本人に確かめてみないとわからない。

だから優真は、もう一度口を開いた。

「翔惟さんのことは大好きですけど、でも翔惟さんが僕のことを同じように思ってくれてるんでなければ絶対にキスしたくありません」

優真の視界の中、翔惟の顔に嬉しそうな微笑《ほほえ》みが広がっていく。

(ああ、よかった。間違《まちが》ってなかった)

翔惟の表情でそれを確信した優真は、心の底から安堵《あんど》して我知らずにっこりと微笑んでいた。

その微笑みを見て眩《まぶ》しそうに目を細めた翔惟は、優真の頬《ほお》にそうっと手の平を当てた。

「それなら、俺にはキスする資格が充分にあるな」

怯《おび》えさせないようにと、ゆっくりと近づいてくる唇《くちびる》。

近づいてくる唇に心臓が痛いぐらいドキドキする。

(あの日も、こんなだった)

緊張《きんちょう》してドキドキしながらキスされるのを待っていた。

でも、寸前で邪魔《じゃま》が入ってしまって……。

またお預けされるのは嫌だと、優真は慌《あわ》てて自分から唇を押し当てていった。

触れるだけのキスから深いキスへ。

邪魔が入る気配はなく、優真は待ち望んでいた甘いキスにうっとりして、頬を包んでくれている翔惟の手に自分の手を重ねた。

(僕のよりずっと大きい)

手足の大きさを和真が翔惟と比べっこしたと聞いて羨《うらや》ましく思ったこともあったけど、今こうして直《じか》に触れてその大きさを自分で確かめることができている。

(なんか……凄《すご》く不思議)

想《おも》いが通じる日が来るなんて、あの頃《ころ》は想像することさえしなかった。

絶対に無理だと最初から諦《あきら》めていたから……。

(翔惟さんは、いつ僕を好きになってくれたんだろう?)

それが凄く気になった優真は、長いキスの後、手を重ねたまま、翔惟の目を上目遣《うわめづか》いにおずおずとゆっくり覗《のぞ》き込んでみた。

「あの……」

質問しようと思って唇を開きかけたのとほぼ同時に、優真の頬と手に挟《はさ》まれていた翔惟の手がするっと抜《ぬ》き取られた。

「悪い。もう我慢《がまん》できそうにない」

「え?」

なにが? と聞くより前に、いきなり立ち上がった翔惟に、手首をがっしり掴《つか》まれた。

そのまま立ち上がらされ、手首を引かれるまま強引に歩かされる。

（な、なに？）

鈍臭《どんくさ》い優真が気がついたときはベッドの上に転がされていた。

「……え？」

きょとんとして天井《てんじょう》を見上げていると、視界に翔惟の顔が入り込んできてキスされた。

さっきのうっとりするような甘いキスとは違《ちが》って、まるで食いつくような荒々《あらあら》しいキスに翻《ほん》弄《ろう》されて、なにがなにやらわからなくなる。

あれよあれよという間に服を全部はぎ取られ、直接それを握《にぎ》り込まれた段階で、やっと優真は我に返った。

「ちょ、ちょっと待って……。あの……もしかしてこのまま？」

最後までするつもりですか？　とはさすがにはっきり言えなくて語尾《ごび》を濁《にご》してしまったが、翔惟には充分通じたようだった。

「嫌か？」

「嫌……じゃないですけど……。でも、あの……シャワーぐらい浴びてから」

自転車に乗るだけでも汗《あせ》ばむ季節だ。

しかもそれだけじゃなく、怖《こわ》いめにあったときは嫌な汗をかいたし、翔惟と話している間もけっこう緊張して汗をかいていた。

「僕、けっこう汗かいたし……き、汚《きたな》いかもしれないから……シャワーを」

ベッドから降りようとしたが、上半身を起こす間もなく上から押さえ込まれた。

「駄目《だめ》だ。もう我慢できないって言っただろう？　おとなしく抱《だ》かせてくれよ。……ああ、そうか。もしかして、心の準備をする時間がいるか？」

「それも……なくてもいいですけど……。ただ、翔惟さんが気になるんじゃないかって思ったから……」

「気にならない。あの夜だって全然気にならなかったしな」

優真は体臭《たいしゅう》が薄《うす》いみたいだな、と翔惟は優真の首筋に顔を埋《うず》め、軽くにおいを嗅《か》ぐ。

（ああっ！　そっか、そうだった）

あの夜は、キスされた瞬間《しゅんかん》から、まるで夢のようだとただ幸福感に酔《よ》いしれるばかりで、そういう現実的なことには一切《いっさい》頭が回らなくなっていたからまったく気にならなかった。

少しでも綺麗《きれい》な自分を翔惟に知っていて欲しいとジタバタしたところで、今さら手遅《ておく》れだ。

「それに、好きな子の体臭を嫌がる男なんていないさ」

顔を上げた翔惟が、優真の顔を覗き込んで微笑みかける。

（……好きな子）

はじめて言葉ではっきりとそう言ってもらえた。

優真は天にも昇《のぼ》れそうな嬉《うれ》しさと妙《みょう》な照れくささとで目元を赤く染めた。

「いつから、そう思ってくれてたんですか？」

「おまえが、俺の前でこんな風に目元を赤くするようになった頃からかな。——そっちは？」

ちゅっと目元にキスされて、優真は目を伏《ふ》せた。

「翔惟さんの前で、頰が熱くなるようになった頃から……です。……あっ……」

目元へのキスが頰から喉《のど》へ、そして胸へと下りていく。

肌《はだ》の上を滑《すべ》るように唇が移動して行く度《たび》、少しくすぐったくて、それ以上になんとも言えない甘い痺《しび》れが身体《からだ》に広がっていくようだ。

「じゃあ俺は、まんまと優真の罠《わな》にはまったんだな」

「罠？」

「あんな表情を見せるなんて、誘惑《ゆうわく》してるも同然なんだよ」

本当に自覚してないんだな、と翔惟は愉快《ゆかい》そうだ。

「誘惑だなんて……」

（あんな表情って、どんな顔のことなんだろう？）

優真自身には、そんな大それたことをした意識はまったくない。

ただ好きな人を意識するあまり、緊張して赤面してしまっていただけ……。

愛《いと》おしむように身体のラインを撫《な》でる手や唇の動きに翻弄されながらも、優真が必死で否定すると翔惟はやっぱり愉快そうに笑った。

「してるだろう？　極《きわ》めつけは、あの添《そ》い寝《ね》だな。ついうっかりキスしたら、もっと……だなんて今度は言葉攻《ぜ》めだ。二段構えのあの誘惑には、もう降参するしかなかったからな」

「そんなつもりじゃ……」

あれは偶然《ぐうぜん》と無意識の産物で決して故意にやったことじゃない。

好きな人の気を引く方法なんて、優真はさっぱり知らないのだ。

故意に罠に嵌《は》めたと誤解されるのは嫌だ。

否定しようとして翔惟を見ると、翔惟はまるで悪戯《いたずら》っ子のようにやけに楽しそうな顔をしてこっちを見ていた。

(……僕、もしかしてからかわれてる?)

いつも気楽に言葉をかわして、翔惟と楽しげにじゃれ合う和真を羨ましく思っていた。

今は自分がその立場にいるのだと気づいた優真は、嬉しくなって思わずはにかんだ。

でも、困ったことに、優真は和真ほど器用に言葉を返す術《すべ》を知らない。

(僕は僕らしく……)

しゃれたことは言えないから、思ったままを口にする。

「僕、誘惑の仕方なんて全然知りません」

「そうか? 俺はしょっちゅう誘惑されてるって感じてたけどな。一度抱いてしまってからは、その誘惑に抵抗《ていこう》するのがかなりしんどかった」

「今度、それ教えてください」

「ん?」

「どんなときに誘惑されてるって感じたか、教えて欲しいんです。――僕、頑張《がんば》って誘惑の仕方を覚えますから」

気の利《き》いたことも言えないし、人を惹《ひ》きつける術も知らない。

翔惟の気持ちを少しでも自分に惹きつけることができるのなら、どんなことでも喜んでする。

「勘弁《かんべん》してくれよ」

優真の真剣《しんけん》なお願いに、翔惟は苦笑《くしょう》しながら答えた。

「駄目ですか？」

「駄目だ。意識してやられたら、こっちはたまったもんじゃない。普通《ふつう》にしてるだけで優真は充分《じゅうぶん》魅力《みりょく》的だよ」

再び唇にキスして、瞳《ひとみ》を覗き込まれる。

（翔惟さんには、普段《ふだん》の僕が魅力的に見えてる？）

本当だろうか？　と自分に自信がないだけにちょっと疑ってしまうけど、それが本当だったらすっごく嬉しい。

誉《ほ》められたと感じて照れた優真は、はにかんだように微笑《ほほえ》んで目を伏せた。

「……本当に、充分魅力的だよ」

ちゅっと目元にキスされて、いったん閉じた目を再び開くと、妙に真剣そうな、男臭《おとこくさ》さを感じさせる表情が目の前にあった。

（この顔、知ってる）

これは、もう少しでキスされそうになったときと同じ表情。

（きっとこれは、翔惟さんが僕を欲しいって思ってくれてるときの顔なんだ）

やけに熱っぽい視線に晒《さら》されて顔が熱くなる。

のぼせたようになった優真が深呼吸しようとして開いた唇《くちびる》に、翔惟の唇が深く重なる。

深く荒々しいそのキスは、おしゃべりの時間はもう終わりだと言っているようだった。

☆

苦痛を与《あた》えないよう充分に時間をかけてあげたいところだが、本当にもう限界だった。

それでもなんとか頑張って自分の欲求《よっきゅう》を堪《こら》え、不馴《ふな》れな身体が男を受け入れて傷つくことがないよう指でそこを広げていく。

性急な行為《こうい》に怯《おび》えないよう、宥《なだ》めるように何度もキスをしていると、優真は応《こた》えるように細い腕《うで》でしがみついてきた。

「翔惟さん、キス……気持ちいい」

もっと……と、優真はとろんとした顔で甘えた声を出した。

見上げてくる赤く染まった目元が超絶《ちょうぜつ》に色っぽい。

(……ヤバイ)

一気に突《つ》っ走ってしまいたい衝動《しょうどう》を必死で堪え、沸《わ》き上がってくる欲求を荒々《あらあら》しいキスをすることで紛《まぎ》らわせる。

「……んっ……ふう……」

優真は少し乱暴なキスにも怖《お》じ気づくことなく、素直《すなお》に受け入れてくれる。

自ら舌を絡《から》めてきて、翔惟を深く引き入れようとするほどに……。

(……ったく、色気がありすぎるだろ)

前に抱いたときもそうだったが、いったん身体に火がつくと優真は普段とはまったく違《ちが》う顔を見せる。

臆病《おくびょう》で恥《は》ずかしがり屋の顔はなりをひそめ、自ら進んで快楽を貪《むさぼ》ろうとする。

理性のたがが外れ、ただ感じるまま素直に自らの欲求を口にして、ためらうことなく与えられる喜びを嬉々《きき》として受け入れてくれる。

俯《うつむ》きがちで控《ひか》えめな普段の姿とのギャップがかなりあって、それがまたなんともいえず魅力的だった。

「……ん？」

積極的に絡んでくる薄く甘い舌の動きを楽しんでいた翔惟は、指で広げているそこがキスに呼応するかのようにヒクついていることに気づいた。

「優真、ここ……気持ちいいのか？」

中の指を内壁《ないへき》を擦《こす》り上げるように少し強く動かしながら、唇を離《はな》して聞いてみる。

「……あっ……そこ……いい……」

翔惟の視界の中、優真は気持ちよさそうに細い身体をくねらせる。

その両足の狭間《はざま》に見えるそれは、さして触《ふ》れてもいないのに濡《ぬ》れそぼってヒクついている。

「優真は素直で可愛《かわい》いな」

思ったことを口に出した途端《とたん》、優真の後ろがきゅんと反応して翔惟の指を締《し》めつけた。

「……かわいい？　ほんと？」

「ああ、本当だ。可愛くて綺麗《きれい》で、それに色っぽくて……」

最高だよと耳元で囁《ささや》いてやると、やはりそこが素直に反応する。

それと同時に、細い腕が首に絡みついてきてぎゅうっとしがみつかれた。

「翔惟さん、すき……大好きっ」

訴《うった》えてくる声の真剣さがたまらない。

我慢《がまん》できなくなった翔惟は、指を引き抜《ぬ》き、そこに自らをあてがうと一気に突き入れた。

「っ……あああっ……」

さすがにこの性急な挿入《そうにゅう》に優真が悲鳴のような声をあげる。

まずったと後悔《こうかい》したが、ここで退《ひ》いては優真の身体に更《さら》に余計な苦痛を与えることになる。

「辛《つら》いか？　ごめん。馴染《なじ》むまで、動かさないようにするから……」

涙《なみだ》が滲《にじ》んだ目元を指先でぬぐう。

「平気……です。……翔惟さんの……好きなようにして……」

うっすらと濡れた目を開いた優真が、はにかんだように微笑む。

痛みのせいで正気に戻《もど》った顔だった。

「僕、翔惟さんに触《さわ》ってもらえるの……嬉《うれ》しいんです」

だから、もっとしてください、と細い腕が絡んでくる。

「おまえは本当に可愛いよ」

引き寄せられるまま耳元で呟《つぶや》くと、優真の身体《からだ》がそれに応《こた》えるように小さく震《ふる》える。

深く口づけながら、その合間に「愛してる」と囁くと、翔惟を呑《の》み込んだそこが柔《やわ》らかに収縮して熱く締めつけてくる。

「僕も好き。好きです」

翔惟の囁きに淫《みだ》らに応える身体と、同じ想《おも》いを返す真剣な声。

この天然の誘惑《ゆうわく》に抗《あらが》えるわけがない。

愛の行為にまだ未熟な身体を労《いたわ》る余裕《よゆう》もないまま、翔惟は絡みついてくる細い腕の中に落ちていった。

☆

つらさを感じたのは、最初のうちだけ。

愛してる、たまらなく可愛いと耳に吹《ふ》き込まれる甘い言葉が、まるで麻酔《ますい》のように効いてきて、優真はすぐにまたとろりと甘い快感の海の中へと引き戻されていった。

「あっ……ああ……やっ……はっ……」

熱い昂《たか》ぶりで激しく突き上げられる度《たび》、勝手に唇から声が漏《も》れる。

翔惟の熱い息を肌《はだ》で感じると、ぞくぞくと背筋が甘く痺《しび》れる。

絡み合う身体は互《たが》いの汗《あせ》で濡れ、翔惟の動きを受けとめようと必死でしがみつく指が滑《すべ》る。

心も身体もとろりと甘い快感に満たされて、優真は至上の幸福感に酔《よ》いしれる。

(きもち……いい……)

翔惟が引き出してくれた快感で熱くなった身体。

心臓は口からはみ出そうなぐらいに激しく鼓動《こどう》を刻み、熱い血液が身体中を巡《めぐ》って指先まで

じんじんと熱く痺れている。

気持ちよくて、どうにかなってしまいそうだ。

「あつっい……んっ……からだ……へん……ああっ……」

自分でも意識しないまま、何度も精を吐《は》いた。

すっかりわけがわからなくなった優真が、「も……とける。しんじゃう」と譫言《うわごと》のように呟

くと、翔惟は優真の耳元で熱い息を吐きながら笑った。

「大丈夫《だいじょうぶ》、こんなことで死なないよ」

「ほ……んと?」

「ああ。……やっと手に入れた恋人《こいびと》を死なせるわけがないだろう」

「こいびと? ん……っ……ぼく?」

「そうだ。優真が俺の恋人だ」

「うれしい」

最高の幸せを感じて微笑《ほほえ》むと、翔惟はいったん動きを止めて、眩《まぶ》しそうに目を細めながらキ

スをしてくれた。

「ずっと……一緒《いっしょ》にいてくれますか？」

「ああ、ずっと一緒だ。俺は独占欲《どくせんよく》が強いからな。後々、優真が後悔しても、もう手放してなんかやれないからな」

覚悟《かくご》しろよ、と翔惟が言う。

（ずっと……一緒……）

覚悟なんて必要はない。

それこそ、優真が一番望むことなんだから……。

「……っ」

嬉しいと思った途端、翔惟が微《かす》かに呻《うめ》いた。

「こら、そう締めつけるな。搾《しぼ》り取るつもりか」

もっと楽しませてくれよ、と言われて、優真はわけがわからず首を傾《かし》げた。

「これも無意識か……。いずれコントロールする術《すべ》を身につけてもらわないと、こっちは身が持たないな」

「え？　な……に……。――ああっ！」

急に、ぐりっと熱い昂ぶりで奥を突かれて、がくんと顎《あご》が上がった。

「そう……それでいい」

「え？……あっ……んんっ……」

なにがどうなっているのかもわからないうちに、再び動きはじめた翔惟に煽《あお》られるまま、優真はまたとろりと甘い快感の海の中に引き戻されていく。

「あっ……はなさ……ないで……。ずっと……一緒にいて……」

甘い快感に溺《おぼ》れながらも、優真は譫言のように何度も胸の中の熱い想いを訴えた。

「約束する。……ずっと一緒だ」

その度に望む答えが熱く激しい吐息《といき》と共に耳元で囁かれる。

「翔惟さん……すき……あっ……もっと……」

もっときて……と、引き寄せ、熱い肌に夢中でしがみつく。

とろりと甘い快感に酔いしれ、自分がなにを口走っているのか、どんな格好をしているのかもわからなくなる。

それでも、これが夢じゃないってことだけはちゃんとわかっていた。

(……うれしい)

今まで見たどんな夢よりも幸福な現実に、優真は酔いしれた。

6

翌朝、優真は玄関先《げんかんさき》に和真のスニーカーがないことに胸《むね》を撫《な》で下ろした。
きっと昨夜はかなり遅《おそ》くなって、部屋の窓からこっそりと帰ってきたに違《ちが》いない。
和真に翔惟とのことを気づかれた可能性はかなり低い。
念のために部屋を覗《のぞ》くと、和真はすやすやと幸せそうな顔で熟睡《じゅくすい》している。
(うん、大丈夫だな)
気づかれていたら、こんなに平和そうに眠《ねむ》ってはいないだろう。
怒《おこ》るか、それとも心配するか。
どちらにせよ、正面からどういうことだよと聞かれるはずだ。
優真は、もう一度胸を撫で下ろした。
(――よかった)

後日、宏美が居酒屋の従業員達に聞いてみたところ、バイトの大学生が信達に頼《たの》まれて連絡《れんらく》を取ったことがわかった。
ただ悪気は一切《いっさい》なく、優真に一目惚《ひとめぼ》れした女の子がいるから協力してくれと騙《だま》されてのことだったらしい。

大人達が相談した結果、彼にはおとがめはなしということになった。

その代わり、信達への伝言を伝えてもらった。

優真には借金のような後ろ暗い事情は一切なく、後ろ盾《だて》になる親族も多数いる。万が一、またちょっかいを出してくるようなことがあったら、次は決して容赦《ようしゃ》しない。そちらのバックに誰《だれ》がついていようと同じことだ、と……。

自分の店に来たときに優真が危ない目にあったと知った宏美夫妻は、その程度で許すのは生温いと怒っていたが、翔惟がなんとか宥《なだ》めてくれた。

できれば大騒《おおさわ》ぎにしたくないという、優真の気持ちを汲《く》んでくれたのだ。

優真は優《やさ》しいなと翔惟は言ってくれたが、決して優しさだけで事態を収めようと思ったわけじゃない。

変に大騒ぎになることで信達の恨《うら》みを買い、そのせいで周囲の人達に迷惑《めいわく》がかかるのが怖《こわ》かったのだ。

そんな風に、相変わらず優真は臆病《おくびょう》だし、前倒《まえだお》しで心配ばかりしている。

ただし、翔惟との関係を心配することはない。

しっかりお互いの想いを確認《かくにん》し合ったから、不安が入る余地はないのだ。

基本心配性《しんぱいしょう》だから、この先はどうなるかわからないが……。

助言してくれた拓人には、なにもかもうまくいったとちゃんと報告した。

「ほらな。そうなると思っていた」

拓人が得意気に威張《いば》る。

色々と話を聞いてくれてありがとうとお礼を言ったら、「感謝しているのなら、今後は絶対に俺には惚気《のろけ》るな」と厳しく言われた。

拓人には感謝しているから、とりあえず今は要求通り惚気るのを我慢《がまん》しているが、それもこの先どうなるかはわからない。

優真が惚気られる相手は、なにしろ拓人ひとりしかいない。

いつまで我慢できるか、自分でも自信がないのだ。


ちなみに、父親からはまだ入金も電話も来ない。

たぶん、仕事に熱中しているのだろう。

翔惟は呆《あき》れ、梨華と和真は怒っているが、優真はもう諦《あきら》めた。

もちろん、次に帰国したとき、しっかり小言をいうつもりだ。

家庭より仕事優先の父親だったが、毎年、妻の誕生日だけは仕事を休んで彼女の側にいた。

それは、両親が結婚《けっこん》を決めたとき、たったひとつだけ彼女が要求した約束だったのだ。

この先もその約束を守るつもりだと出発前に話していたから、秋には会えるはず。

会えなかったら、今度こそ本気で怒ってやると心に決めている。

未《み》払《はら》いの生活費に関しては、いつも原稿《げんこう》をデータ化して清書してくれている優真へのバイト代ってことにしておくから気にするなと翔惟に言われた。

今までの分だけでも、もう充分《じゅうぶん》なぐらいだと……。

それを本気にしたわけじゃないけど、そう言ってもらえることがとても嬉《うれ》しかった。

(母さんのお陰《かげ》だ)

実際に恋人《こいびと》同士になってしまったことを彼女が知ったら、それなりにショックを受けるかもしれないけど、きっと最後には「本気で好きになっちゃったんなら、もう仕方ないかしらね」と、許してもらえるんじゃないだろうかと優真は思っている。

なにしろ彼女自身、周囲の大反対を押し切って、あの最高にはた迷惑な男と結婚したぐらいなんだから……。


「あのさ、優ちゃん。翔惟さん、本気で窓に鉄格子《てつごうし》入れるつもりだと思う?」

日曜日の朝食時、和真に聞かれた優真は、「どうかな?」ととぼけて首を傾げた。

「心配する必要はないんじゃない? 和くんが約束を守りさえすればいい話なんだから」

「わかってるけど……。でもほら、万が一ってこともあるしさ」

あの事件の翌日、翔惟は新たに門限を定めた。

その途端《とたん》、だったらその時間まで遊んでもいいんだと自分に都合よく考えた和真は、門限ギリギリまで遊び歩くようになっている。

ギリギリすぎて何度か門限を破り、こっそり窓から帰ったところを見つかって、怒った翔惟にあと三回門限を破ったら窓に鉄格子を嵌《は》めるからなと宣言されているが、根っから脳天気な和真はまったく懲《こ》りていないようだ。

というかむしろ、翔惟からげんこつ付きで怒られることを楽しんでいる節もある。

げんこつを楽しむ気持ちは、優真にはちょっとよくわからない。

一度でも叩《たた》かれたりしたら、条件反射でビクッと怯《おび》えてしまいそうな気がするから……。

(和くんは強いな)

怒られても凹《へこ》まないし、トラブルを起こしてもめげない。

明るい性格よりも、失敗を恐《おそ》れないその柔軟《じゅうなん》さこそが、和真の本当の長所なのかもしれないと最近の優真は思うようになった。

「今日は夕飯いる？」

朝食後、友達と待ち合わせしているという和真を見送る為《ため》に玄関《げんかん》まで出た。

「ん～、優ちゃんの作ったご飯は食べたいけど無理かも。明日の朝食べるから取っておいて」

「了解《りょうかい》。門限までには帰ってきなよ」

「大丈夫《だいじょうぶ》、わかってるって」

じゃあ行ってきます、と全然わかってなさそうな気楽さで、和真は出掛《でか》けていった。

「まあ、少しぐらいなら遅《おく》れてもいいけどね」

門限ギリギリを楽しんでいても大幅《おおはば》に破ることはないから、そういう意味では安心だ。

それに、この先何度和真が門限を破っても、翔惟は絶対に窓に鉄格子を嵌めたりしない。

そんなことをしたら、次に和真は優真の部屋の掃《は》き出し窓《まど》を出入り口代わりに使うようになるとわかっているからだ。

夜にこっそり帰ってきたとき、兄が部屋にいなかったりしたら、絶対に和真は大騒ぎする。

それは翔惟にとっても、ありがたい話じゃない。

(和くんが僕らのことを知ったら、きっとショックだろうなぁ)

下手に知らせてショックを与《あた》えたり、変に気まずい思いをさせたくはないから、今はまだふたりの関係は和真には内緒《ないしょ》だ。

同じ屋根の下で暮らしている以上、いつかはばれる日が来るかもしれない。

それは心配だけど、でもきっと大丈夫。

この問題に関しては、一緒《いっしょ》に悩《なや》み、解決策を考えてくれる人がいるから……。


朝食のあとかたづけを終えた優真は、ドアをノックせずに翔惟の部屋にこっそり進入《しんにゅう》した。

(……まだ寝《ね》てる。昨夜も遅かったのかな)

厚いカーテンに光が遮《さえぎ》られ仄暗《ほのぐら》い部屋の中、ぼんやり浮《う》かぶ翔惟の寝顔《ねがお》を見つめながら、ベッド脇《わき》の絨毯《じゅうたん》敷きの床《ゆか》にぺたっと座った。

日曜日はふたりだけで恋人としての時間を過ごせる貴重な日だ。

和真に不審《ふしん》がられないよう普段《ふだん》は以前通りの距離《きょり》を保つようにしているから、特にそう。

(キスしたいな)

落ちくぼんだ眼窩《がんか》や高い鼻、そして微《かす》かな寝息《ねいき》を零《こぼ》す唇《くちびる》にも……。

でも、それをしたら起こしてしまいそうだから、ぐっと我慢する。

(寝かせといてあげなきゃね)

翔惟はずっと一緒に居てくれると約束してくれた。

だから、なにも急ぐ必要はないのだ。

ぐっすり眠《ねむ》ってすっきりした顔を見せてもらえればそれでいい。

(やっぱり、健康第一だし)

病気なんかせず、これからもずっと長く一緒にいられるように……。

心配性の優真は、そんなことを本気で考えている。

自分は頑丈《がんじょう》にできてるから、少しぐらい無理をしても平気だと翔惟は言うけど、いつも聞こえないふりをして知らんぷりしている。

この問題にだけは、相変わらず強気なのだ。

(翔惟さんが起きるまで、料理の下ごしらえでもしてようかな)

そしたら夕食の支度《したく》をする時間が短縮できるし、その分翔惟と一緒に過ごす時間も増える。

そう思いはしても、なかなかその場を動けない。

(もう少しだけ……)

静かで規則正しい寝息に耳をすませながら、眠る翔惟の顔を飽《あ》きもせず眺《なが》める。

そうこうしているうちに、優真は軽い眠気《ねむけ》を覚えた。

(あの夜みたいに添《そ》い寝したら、翔惟さんどういう反応するかな?)

あの夜のように引き寄せ、キスしてくれるだろうか?

もっと、とねだったら、それ以上のことも……。

ひとり幸せな空想にふけった優真は、口元を緩《ゆる》ませて、ふふっと小さく笑った。

翔惟と恋人同士になった後、優真の空想癖《へき》は復活していた。

ただ以前と変わったところもあって、決して叶《かな》わない夢を空想することで、気を紛《まぎ》らわせるような真似《まね》はしなくなっている。

いま優真が空想するのは、近い未来に現実になるかもしれないことばかり。

しかも空想するだけじゃなく、現実になるようにとちゃんと行動だってする。

(そうっと、そうっと……)

優真は零れそうになる笑いを堪《こら》えながら、翔惟を起こさないよう、そうっと毛布を捲《めく》り上げてこっそりベッドに潜《もぐ》り込んでいく。

そんな優真を、やっぱり笑いを堪えながら翔惟が薄目《うすめ》を開けて見守っていることには、まったく気づいていない。

少しずつ色んなところが変化しても、優真の鈍《にぶ》さだけは相変わらずだった。

天敵襲来

珍《めずら》しくなんの予定もない日曜日、目が覚めたらちょうどお昼で、ぐうっとお腹《なか》が鳴っていた。

和真《かずま》は、パパッと着替《きが》えると人の気配のするキッチンに向かう。

「おっはよー、優ちゃん！　お腹空《す》いた。なんか食べるものない？」

「優真なら買い物に行ったぞ」

和真に返事をしたのは、兄の優真《ゆうま》ではなく、その親友である島津拓人《しまづたくと》さまだ。

キッチンのテーブルにキリッと背筋を伸《の》ばして座り、悠然《ゆうぜん》とした態度でコーヒーを飲んでいる拓人を見て、和真はまるで天敵を目の前にしたかのようにばっと身構えた。

「な、なんであんたがここにいるんだよ？」

「おまえ達の叔父《おじ》さんに会いにきた。一週間も一緒《いっしょ》に過ごすことになるんだ。その前に一度顔合わせをしたかったし、夏休みの旅行に同行させてもらえることへの礼も言いたかったしな」

「げっ、あんたも来るの？」

「優真が連れて行ける友達は、俺以外にいないだろう。そう嫌《いや》そうな顔をするな。友達も連れて行くと言い出したのはおまえだって聞いたぞ。自業自得《じごうじとく》だ」

「そりゃそうだけど……」

夏休みを利用してみんなで旅行に行こうと翔惟《しょうい》が誘《さそ》ってくれたのは半月ほど前だ。

キャンピングカーで東北の自然豊かな地域を回り、野山を散策したりキャンプや渓流釣《けいりゅうづ》りを楽しんでみないかとアウトドア派の叔父が提案した旅行計画に、和真は再考を要求した。

野山を歩くなんて退屈《たいくつ》だし釣《つ》りにも興味がない。寝心地《ねごこち》の悪いテントで虫と戦いながら眠《ねむ》るのも嫌《いや》だ。旅行に行くなら観光地がいいし、屋根のついた建物に泊《と》まりたいと……。

兄がおろおろして止めるのも聞かずに提案した和真のこの言い分を、懐《ふところ》の広い叔父はすんなり聞き入れてくれた。その上で、他《ほか》になにか希望がないかと聞かれた和真は、ダメ元で友達をふたりほど連れて行きたいと翔惟に言ってみた。

意外にも翔惟はすんなりＯＫしてくれたのだが……。

（まさか、優ちゃんがこいつを呼ぶなんて予想外だ）

基本遠慮《えんりょ》がちな兄だし、スポンサーの叔父の負担は増やさないだろうと思ったのに……。

旅行先に決まった自然豊かな避暑地《ひしょち》には、乗馬ができる牧場や、プールやボウリングやビリヤードなどが楽しめるアミューズメント施設《しせつ》、美術館や植物園などの観光施設が山ほどある。ちょっと大きめのコテージに一緒に泊まることになるとしても、兄達とは興味の方向性が違《ちが》うから日中の行動までは一緒にはならないだろう。

まあいいかと、和真は気を取り直した。

「で、翔惟さんにはもう会った？」

「ああ。とっくに……。急ぎの仕事があるとかで、叔父さんは仕事部屋に戻《もど》られたが」

「じゃあ、なんであんたはまだここに居るんだよ」

「おまえの兄に、昼食を食べて行けと誘われた」

その兄は、食材が足りないとかで、すぐに戻るからと慌《あわ》てて買い物に行ったらしい。

(こんな怖《こわ》い奴《やつ》、ひとりで置いてくなよ)

最初に拓人に会ったとき、その小柄《こがら》な身体《からだ》とキリッとした凜々《りり》しい顔立ちを見て、端午《たんご》の節《せっ》句《く》によく飾《かざ》られる武者人形を連想した。

笑えば可愛《かわい》いんじゃなかろうかと思ったが、それを口にしたら腰《こし》の刀でバッサリと一刀両断にされそうな妙《みょう》な緊張感《きんちょうかん》も拓人からはただよってくる。

鈍《にぶ》い兄は一緒にいても気にならないようだが、拓人の小さな身体から発する緊張感に、和真は一瞬《いっしゅん》ですっかり気圧《けお》されてしまったのだ。

だから、わざわざ気を遣って、年上の拓人を持ちあげながらそりゃ気を遣って話をした。

それなのに、その結果和真が得たのは、『お調子者の八方美人』という不本意な評価だ。

自分のことを気さくなムードメーカーだと思っていた和真は、この辛辣《しんらつ》な評価にたいそう傷つき、それ以来、相性《あいしょう》が極端《きょくたん》に悪いこの兄の親友を思いっきり避《さ》けまくっている。

「あ、そ……。――じゃ、ごゆっくり」

触《さわ》らぬ神に祟《たた》りなしとばかりに、和真は冷蔵庫を覗《のぞ》き、食べられそうなものを適当に物色して部屋に戻ろうとしたが、「須藤《すどう》弟、ちょっと待て」と拓人に呼び止められた。

「旅行中、俺は優真じゃなく、おまえ達と一緒に行動するからな」

「えっ!!　なにそれ!!」

とんでもない宣言をした拓人に、和真は露骨《ろこつ》に嫌な顔をしてみせた。

「全日程とは言わない。半分程度だ。我慢《がまん》しろ」

「嫌だ。あんたは優ちゃんの親友なんだから、優ちゃんと一緒に行動すればいいだろ？」

「優真はそのつもりでいるようだが、親友として、ここはあえて気を遣ってふたりきりにしてやろうと思うんだ。優真と一緒だと叔父さんもセットでついてくるだろうし、そうなるとどうしてもあてられそうだしな。――馬に蹴《け》られないよう、おまえも少しは協力してくれ」

「セット？　あてられる？　馬に蹴られないようって……」

どういうことだと考えていると、「気づいてなかったのか……。須藤弟、今のはナシだ。忘れろ」と拓人が気まずそうな顔になる。

最近なんとなく、以前より兄と翔惟の距離《きょり》が近づいたような気はしていたが、でもそれは、鈍臭《どんくさ》い兄がやっとここでの生活に慣れてきて緊張感がほぐれただけだと思っていたのに……。

「忘れるなんて無理。――優ちゃんが……翔惟さんと？」

呆然《ぼうぜん》としながらも語尾《ごび》をはぐらかして聞いてみたら、拓人は「優真と約束してるから教えられない」と限りなく答えに近い返事を返してきた。

「うわっ、なに、それ……。すっげーショック」

男同士だとか叔父と甥《おい》だとか、そんなことはどうでもいい。

父親は仕事漬《づ》けで母親は病気がち、そんな家庭にあってずっと自分の面倒《めんどう》を見てくれた優真は、和真にとって兄というよりは母親に近い存在だった。

それも、心配性《しんぱいしょう》で優《やさ》しくて超《ちょう》過保護な甘い母親だ。いつも自分のことを心配しておろおろと後ろから見守ってくれていた存在が、自分以外の誰《だれ》かに心を奪《うば》われているだなんて……。

（こいつだけでも充分《じゅうぶん》嫌だったのに……）

母親的存在を独占《どくせん》したがるなんて、子供じみた我が儘《まま》だってことは自覚している。

だから、拓人を煙《けむ》たく感じていても、表だってどうこう言ったりせずにきたのだ。

「頭ごなしに反対するなよ。あいつはあいつなりに本気なんだから」

どしーんと落ち込む和真に、拓人が冷静な声で言った。

「あんたに言われなくたって、そんなことわかってるよ！」

臆病《おくびょう》で真面目《まじめ》な兄のこと、本気でなければ、そんなリスクの多い関係に踏《ふ》み出せはしない。

（それに優ちゃん、最近前より明るくなったし……）

母親が死んで以来、兄は妙に神経質になって、家の中でもめっきり笑顔《えがお》が減っていた。

それが最近はかなり落ち着いてきて、以前と同じように陰《かげ》りのない笑顔を見せてくれるようになったから、和真は密《ひそ》かに喜んでいたのだ。

翔惟との関係がその変化の原因だったとしたら、母の死のショックから立ちなおりきれずにいる兄を、ただ見ていることしかできずにいた自分に口出しする権利はないような気がする。

「なにも言わない。シカトする」

それでいいんだろう？　とふてくされて聞くと、拓人は偉《えら》そうな態度で鷹揚《おうよう》に頷《うなず》いた。

「それにしても、まさかおまえがまったく気づいていないとは思ってもみなかった」

「そんなこと気づくもんか」

「俺は、優真の想《おも》いに去年から気づいていたぞ。叔父さんの話をすると、いつも青白い優真の頬《ほお》が妙に血色よくなるからな」

「……言われてみれば……確かにそうかも」

過去のあれやこれやを思い出している和真を、拓人はちょっと苦笑《くしょう》しながら見上げた。

「おまえ達兄弟、顔も性格もまったく似てないと思っていたが、妙なところだけ似ているな」

「どこ？」

「鈍いところ」

「…………っ！」

思いがけない言葉が、ザシュッと胸に突《つ》き刺《さ》さる。

「俺……鈍い？」

「鈍いだろう。ひとつ屋根の下で暮らしてて気づかないぐらいだし……。――もしかして、その鈍さは須藤兄弟のデフォルト設定なのか？」

拓人が珍しくからかうような声を出した。

「うっせぇ！」と、それに応《こた》える和真も、やはり珍しく不機嫌《ふきげん》な声だ。

（やっぱこいつ苦手）

ほとんどの人間と仲良くする自信がある和真だが、拓人だけは例外だ。

思いもかけない方向から攻撃《こうげき》されるから、できることなら接触《せっしょく》したくない。

とことん相性が悪い天敵から、和真は脱兎《だっと》の如《ごと》く逃《に》げ出した。

あとがき

こんにちは、もしくは、はじめまして。黒崎あつしでございます。
思惑《おもわく》みえみえの焦《じ》れったいお話を書いてみようと書きはじめた今作、自分の作品ながらもあまりの焦れったさにじりじりして、自分が短気だと思い知らされました（笑）。

佐々成美先生、素敵《すてき》なイラストをありがとうございます。
担当さん、今回も迷惑《めいわく》かけました。本当にごめんね。そしてありがとう。

この本を手に取ってくださった皆《みな》さまにも心からの感謝を。
読んでくれて嬉《うれ》しいです。どうもありがとうございます。
皆さまが、少しでも楽しいひとときを過ごされますように。
またお目にかかれる日がくることを祈《いの》りつつ……。

二〇一〇年六月

黒崎あつし

KADOKAWA RUBY BUNKO

天使《てんし》の甘《あま》い誘惑《ゆうわく》

黒崎《くろさき》あつし

角川ルビー文庫 R65-29　16385

平成22年8月1日　初版発行

発行者——井上伸一郎
発行所——株式会社角川書店
東京都千代田区富士見2-13-3
電話/編集(03)3238-8697
〒102-8078
発売元——株式会社角川グループパブリッシング
東京都千代田区富士見2-13-3
電話/営業(03)3238-8521
〒102-8177
http://www.kadokawa.co.jp
印刷所——旭印刷　製本所——BBC
装幀者——鈴木洋介

ISBN978-4-04-442229-5　C0193　定価はカバーに明記してあります。

KADOKAWA RUBY BUNKO

角川ルビー文庫

いつも「ルビー文庫」を
ご愛読いただきありがとうございます。
今回の作品はいかがでしたか？
ぜひ、ご感想をお寄せください。

〈ファンレターのあて先〉

〒102-8078 東京都千代田区富士見 2-13-3
角川書店 ルビー文庫編集部気付
「黒崎あつし先生」係